유럽을
여행하는
아주
특별한
방법

히치하이킹으로 유럽의 민낯을 만나다

유럽을 여행하는 아주 **특별한 방법**

초판 1쇄 발행 2014년 10월 27일
초판 4쇄 발행 2024년 3월 25일

지은이 유환희 **발행인** 이봉주
단행본사업본부장 신동해
마케팅 최혜진 신예은 **홍보** 반여진 허지호 정지연 송임선 **제작** 정석훈
디자인 정해진 www.onmypaper.com

발행처 (주)웅진씽크빅 **출판신고** 1980년 3월 29일 제406-2007-000046호.
브랜드 리더스북 **주소** 경기도 파주시 회동길 20
문의전화 031-956-7357(편집) 031-956-7087(마케팅)
홈페이지 www.wjbooks.co.kr
인스타그램 www.instagram.com/woongjin_readers
페이스북 www.facebook.com/woongjinreaders
블로그 blog.naver.com/wj_booking

유럽을
여행하는

히치하이킹으로
유럽의 민낯을 만나다

아주
특별한
방법

글/사진 유환희

리더스북

나를 더 좋은 사람으로 만든 여정

"왜 여행을 하세요?"

이번 여행을 하며 아마도 이 질문을 가장 많이 들은 것 같습니다. 하지만 쉽게 답할 수 없었습니다. 이 질문이 제게는 마치 "왜 사세요?"와 비슷한 의미로 느껴졌거든요. 질문을 받을 때마다 대답이 궁핍해지는 스스로가 한심했지만, 한동안은 딱히 만족스러운 답을 찾을 수 없었습니다.

타인을 만난다는 것은 결국 자신을 다시 보는 일입니다. 누군가의 조수석에 앉아, 혹은 늦은 밤 편안한 쇼파에 앉아 이야기를 나누며 무수히 많은 나를 만나야만 했습니다. 내가 어떤 사람인지 끊임없이 물어야 했고, 보여주어야만 했습니다. 수많은 사람들이 들려주는 이야기와 그들이 내게 던졌던 질문은 다음 여행의 주제가 되기도 했고, 여행 전체를 관통하는 물음이 되기도 했습니다.

그러다 언제부터인가 "좋은 사람으로 살고 싶어서요."라고 답하고 있는 스스로의 모습을 보게 되었습니다. 아마도 이 여행에서 만난 모든 이들이 제게는 참 '좋은 사람'이었기 때문인 것 같습니다. 누군가의 도움을 받지 않으면 앞으로 나아갈 수도, 머물 곳도 없는 낮은 위치에 선 여행자였기에 그 단어가 절실하게 와닿지 않았나 합니다.

하지만 여행을 하며 구체적으로 어떻게 하루를 살아야 좋은 사람이 될 수 있는 건지, 그 방법은 늘 의문이었습니다. '좋은 사람'이라는 것은 대단히 추상적인 단어입니다. 뚜렷한 형체가 보이지 않는 것이 목표가 되어버려 스스로도 당혹스러웠지만, 한 번 머릿속에 자리잡은 것은 쉽게 떠나가질 않았습니다. 그래서 이후의 여행은 어떤 모습으로 살아야 하는 지에 대한 답을 찾는 과정이 되었습니다.

우리는 불확실성을 피하고 싶어 합니다. 늘 다니던 길로만 다니고, 늘 먹던 것만 먹고, 늘 하던 대로 행동하려 합니다. 그리고 이것이 좀 더 안정적이고 나은 삶을 보장하리라 믿습니다. 하지만 저는 히치하이킹과 카우치서핑만으로 여정을 꾸린 이번 여행을 통해 불확실성이 가져오는 또 다른 긍정적인 면을 보았습니다.

히치하이킹만으로 여정을 꾸리는 것은 매순간을 불확실성에 기대는 것입니다. 목적지조차 불분명한 경우도 많았습니다. 낯선 이의 차가 이끄는 대로 따라가다 보면 제가 생각하지도 못했던 이야기들이 만들어졌습니다. 즐거운 일만 생기면 좋을 텐데, 결국은 모두 확률의 일인지라 싫어하는 일, 아픈 일도 감당해야만 했습니다. 하지만 그 속에서 희미하게 '좋은 삶', 그리고 '좋은 사람'에 대한 답변이 보이는 것도 같았습니다. 한편으로는 불안했지만 그 불확실이 만들어낸 새로운 상황과 신선한 만남들은 보다 크고 다양한 삶의 가치를 보게 했습니다.

제가 느낀 '좋은 삶'은 행복의 가짓수를 늘리는 것입니다. 사진 한 장을 위한 기다림, 느긋하게 카페에 앉아 있는 여유, 골목길에 선 길고양이에게 주는 눈길, 해질 무렵 조금씩 달라지는 하늘, 들어보지 않았던 밴드의 앨범, 관심 없던 분야의 책, 확인되지 않은 미지의 가능성을 조금씩 열어 삶의 범주를 넓혀 가는 것.

이와 비슷하게 '좋은 사람이 되는 길' 역시 감당해야 할, 책임져야 할 것의 범위를 넓히는 과정인 것 같습니다. 다양한 사람들이 가지고 있는 이야기의 소중함을 느끼고 공감하는 것, 좋은 것뿐만 아니라 고통, 슬픔, 우울, 권태와 같은 부정적인 감정도 품을 수 있는 것, 나뿐만 아니라 타인에게 쏟아지는 것까지, 그 모두를 말입니다.

그런 의미에서 이번 히치하이킹 여행은 확실히 저를 좀 더 좋은 사람에 다가가도록 해준 것 같습니다. 여행을 다녀온 뒤 글을 쓰고, 쓴 글을 다시 보며 그제야 실패, 혹은 고생에 대한 기억이 꽤나 많은 부피를 차지하고 있었다는 것을 알았습니다.

사실 다시 프랑스를 넘어온 시점부터 히치하이킹은 그리 어렵지 않았습니다. 그런데 언제의 히치히이킹이 가장 기억에 남는지 생각을 해보면 기다리고, 깨지고, 방황하며 시행착오를 거듭하던 여행 초기가 떠올랐습니다. 실패와 고생은 이야기를 더 촘촘하게 만들어주는 것 같습니다. 배움이라는 것도 대개 그 속에서 나왔습니다.

이 여행의 총지출은 183만 원입니다. 물가가 비싼 유럽을 190일간 여행했는데 하루에 만 원도 쓰지 않은 셈입니다. 어쩌면 저는 돈으로 치환할 수 있는 모든 것들을 스스로 겪고 견뎌냈는지도 모릅니다. 기차나 버스를 타고 가면 간단한 일을, 걷고 기다리고 누군가의 차를 얻어 타며 앞으로 나아갔습니다. 돈을 내고 묵으면 되는 호스텔을 마다하고 누군가의 집 한구석을 빌리거나 그것이 여의치 않으면 아예 노숙을 하기도 했습니다. 히치하이킹을 하기 위해 도로를 걸으면서 '더위와 추위', '갈증과 짜증'에 괴로워하는 스스로를 끊임없이 다독여야만 했습니다. 저를 그냥 지나치는 차들을 보며 도대체 무엇이 잘못되었는지 찾고 지루한 기다림을 견뎌야 했습니다. 그리고 그 속에서 만난 무수한 사람들의 이야기를 귀담아 듣고 내 이야기로 환원했습니다. 만약 제가 이 같은 '궁상'을 선택하지 않았다면 이 글을 쓸 수도, 제가 찾고 싶었던 '좋은 사람'이 되는 길에 대한 답도 찾을 수 없었을 것입니다.

벨기에에서 시작한 여행이 190일을 흘러 터키에서 마무리되었습니다. 약 200여 명의 도움을 받아 10,127킬로미터를 이동했고, 87명이 기꺼이 그들의 쉼터를 내주었습니다. 히치하이킹을 하며 마주친 사람을 따라 목적지를 여러 번 바꾸기도 했고, 때로는 보트에서, 산장에서, 트럭에서 밤을 마주하는 특별한 행복을 누릴 수도 있었습니다. 그 속의 이야기들은 어느 때보다 밀도 있었고, 수많은 배움을 주었습니다. 제가 좋아하지 않는, 익숙하지 않은 것에 다가갈 수 있었고, 다른 방식의 삶과 생각을 이해할 수 있었습니다. 도움을 받는 것, 그리고 다시 베푸는 것이 어떤 것인지도 배울 수 있었습니다.

이 글은 길 위의, 그리고 그 속에서 만난 사람들의 이야기입니다. 그리고 이 여행은 제가 만든 것이 아니라 그들이 만들어준 여행이기도 합니다.

오스마라, 리에븐, 세라, 다비드, 플로리안, 치다사, 군다, 니콜라스, 레미, 리무스, 마크 클레이어, 콜린, 피에르, 로렌스, 소피, 호라시오, 오스카, 프랑수아, 아민, 펭, 에릭, 장, 데니스, 파티마, 두두, 시드니, 노엘라, 굴리엘모, 조나단, 아닐, 넬리아, 크리가, 베티나, 토마스, 가브리엘, 칩, 이페이, 비니&조안나, 라파엘, 레아, 아리, 아심, 지울리아, 알리, 아야, 리아, 아멜린, 댄, 아밀라, 한스, 토마스, 리셀롯, 루돌프, 버멜스, 디르크, 젠스, 지은, 수민, 프랭크, 프리츠, 마틴, 로버트, 보리스, 크리스티나, 시모네, 안나, 로싸나, 스트라히냐, 발렌티나, 보얀, 니나, 카탈리나, 바디, 세리, 이고르, 이보, 흐리스티나, 알렉사 라루카, 레셉, 임란, 닐라이, 데니즈, 일렘, 이브라힘, 손차이, 엘리프, 메흐멧, 찬수, 아이쉐, 베렌, 힐랄, 네우로스, 치야, 귈테킨, 셰픽, 오네르, 고눌, 차다시, 무라트, 쿠빌라이 그외 이름을 묻지 못한 수많은 사람들……. 그들에게 다시 한번 진심으로 고맙다는 말을 전합니다.

CHAPTER 01

BELGIUM

벨기에

그곳엔 지금도 바이킹의 함성이 울린다

-

Brussels

Gent

| **Brussels** 브뤼셀

내가 꿈꾸던
특별한
여행의 시작

| 공항에 도착해서야 신발의 밑창이 거의 다 닳았다는 사실을 알아차렸다. 4개월 전 동남아시아 여행을 다닐 때 신었던 트레킹화를 다시 신고 유럽으로 넘어왔는데, 걷다 보니 어쩐지 발이 아팠던 것. 그제야 지난 여행에서 이 신발은 귀국하면 버려야지, 라고 생각했던 것이 뒤늦게 기억났다.

사실 나의 여행은 늘 이런 모습이다. 섬세한 계획과 준비는 마치 맞지 않는 옷 같다. 마음이 움직일 때가 오면, 망설임 없이 비행기에 몸을 싣고는 했다. 이번 여행 역시 벨기에에서 시작해 유럽을 훑고 터키로 빠져나가야겠다는 큰 그림만을 그렸을 뿐, 세부적인 계획은 세우지 않았다. 필요한 물품과 정보는 모두 내가 향하는 그곳에 있을 테니……

다만 한 가지 이 여행을 어떻게 꾸려나갈지 염두에 둔 것이 있다면 바로 '사람'이다. 과거, 내 여행의 주제는 사람이 아니었다. 자연 풍경이나 건

물들, 그리고 그 속에서 보내는 시간들이 여행의 대부분을 차지했다. 나는 혼자 있는 시간을 좋아해서 호주에선 차에서 먹고 자며 두 달이 넘는 시간을 홀로 보내기도 했다. 일부러 무인도를 찾기도 했고, 사막을 향하기도 했다. 혼자였지만, 외롭다는 생각이 들었던 적은 없었고, 나는 그것만으로 여행이 참 아름답다고 여겼다.

그러다가 베트남에서 한 여행자를 만났다. 메콩 강을 향하는 작은 배의 맞은편에서 환한 미소를 짓고 있던 그녀는 유독 사람을 좋아했다. 유명한 여행지를 돌아다니기 보단 그곳의 사람들을 만나는데 거의 대부분의 시간을 할애했다. 우리가 함께 거닐었던 공간은 사실 변변치 않은 곳이었다. 그러나 그 시간은 아주 특별했다. 함께 있는 것만으로 그곳은 놀랍도록 아름다워졌다. 그 만남 속에서 사람 때문에 공간이, 그리고 사소한 것들이 특별해질 수 있다는 것을 알게 됐다.

그녀와 헤어지고 나선 사람을 만나는 기회가 늘었다. 좁은 골목길에서 만난 아저씨와 몇 시간씩 함께 술을 마시며 오랜 친구와 나눌 법한 속 깊은 이야기를 나누기도 하고, 부둣가에서 만난 할머니의 초대로 현지의 대가족과 함께 떠들썩한 저녁을 즐기기도 했다. 다시 만나자는 약속을 하지 않았음에도 각기 다른 나라에서 우연히 같은 여행자를 세 번씩이나 만나기도 했다. 만남과 인연이 더해질수록 여행은 깊어졌다. 그 속에서 나는 여행도 결국은 사람의 이야기라는 것을 깨닫게 되었다.

유럽 여행을 준비하며 나는 어떻게 하면 더 많은 사람을 만날 수 있을지에 대해 고민했다. 하루하루가 만남의 연속이었으면 했다. 그때 내 눈에 들어온 것이 히치하이킹과 카우치서핑이었다. 여행에서 가장 큰 시간을 할애하는 이동과 숙박을 온전히 사람에게 맡기기로 한 것이다. 길에서, 그리고 누군가의 집에서 나는 또 어떤 인연을 만나게 될까. 이번 여행은 나에게 어떤 모습으로 기억될까.

설레는 마음을 안고 약속 장소인 룩셈부르크 광장에서 나의 첫 카우칭서핑 호스트 오스마라를 기다렸다. 카우치서핑 사이트를 통해 만난 이 호스트는 흥미롭게도 집 주소나 전화번호 같은 것을 일체 알려주려 하지 않았다. 물론 나도 물어보지 않았다. 설마 처음부터 장난질에 걸리지는 않겠지……. 그런데 웬걸! 한참을 기다려도 그녀가 오질 않는다. 초조하게 시간을 보내다 여행자의 성지이자 무료 와이파이의 천국, 맥도날드에 가서 연락을 해봤더니 이 친구, 다행스럽게도 그곳에 있었다. 알고 보니 내가 룩셈부르크 광장에서 기다리다가 못 만나게 되면 근처 맥도날드로 가서 연락을 하겠다고 했는데, 이 친구는 그냥 맥도날드에서 만나는 것으로 약속을 변경한 줄 알았던 거다. 오스마라나 나나 카우치서핑은 처음이라서 생긴 에피소드였다. 집까지 함께 걸으며 우리는 그제야 안도감과 반가움, 호기심이 섞인 인사를 나누었다.

독일 출신인 오스마라는 인턴십 때문에 3개월째 브뤼셀에 머무는 중이라고 했다. 유럽연합EU의 수도 역할을 하는 벨기에에는 유럽연합 본부뿐 아니라 북대서양조약기구NATO 등 많은 국제기구가 위치해 있다. 그 덕분에 다양한 인턴십 기회를 얻을 수 있어서 유럽의 젊은이들이 몰리는 곳이기도 하다.

오스마라는 고맙게도 작은 방 하나를 통째로 내줬는데, 기대를 뛰어넘는 융숭한 대접이다. 사실 나는 '카우치서핑'이라기에 거실에 놓인 자그마한 소파가 내 잠자리가 되지 않을까 생각했었다. 지난 여행들에서는 늘 북적북적한 도미토리가 잠자리가 되곤 했는데, 뭔가 시작부터 호사스럽다. 이 여행, 벌써부터 기대가 된다.

저녁 무렵, 오스마라는 같이 인턴십을 하고 있는 빅터와 요아힘을 소개
시켜주었다. 사람들로 북적이는 브뤼셀의 중심가에서 만난 넷은 뭘 할까
고민하다 브뤼셀에서 가장 유명한 퍼브라는 델리리움 바Delirium Bar로 향
했다. 델리리움 바는 전 세계에서 가장 다양한 맥주를 판매하는 술집으
로(2,400종) 기네스북에도 올라 있는 곳. 마침 브뤼셀에 머물고 있는 인턴
들이 모두 쉬는 날이었기에 바는 수많은 사람들로 바글바글했다.
맛있는 벨기에 맥주를 석 잔째 들이켜며 주변을 둘러보니 맞은편에 앉
아 있는 이들이 바이킹 모자를 쓴 채 어마어마하게 소리를 질러대고 있
었다. 그들의 함성이 인턴들이 받는 스트레스의 강도와 비례한다면, 아
마 그들의 업무 강도는 살인적이리라. 술을 얼마쯤 마셨을까. 별다른 스
트레스를 받지 않은 나마저도 어느새 바이킹 친구들과 함께 함성을 지

[벨기에, 브뤼셀] 생캉트네르 공원에서는 한 조각의 빵이 만찬으로 바뀌는 마법이 벌어졌다. 오스마라의 친구들과 점심부터 시작했던 피크닉은 6시가 돼서야 끝이 났다. 온갖 이야기와 뒹굴기가 반복되는 여유로운 시간이었다. 다만 아쉬운 점은 이 친구들과 나의 문화적 공감대가 다양하지 못하다는 것이었다. 이를테면 미국 출신이 프랑스의 인디밴드를 속속들이 알고 있고, 스웨덴 출신이 독일어를 원어민 수준으로 구사할 만큼 그들은 서로를 이해하고 있었는데, 나의 경우는 그 모든 것이 새롭기만 한 것이었다. 주제를 함께 공유하기에는 나의 이야기가 꽤나 궁핍했다. 내가 얼마나 좁은 세상 속에서 살고 있는지 느끼는 순간이었다. 이 여행이 마무리될 때쯤엔 얼마나 많은 공감대를 가질 수 있을지……

르고 있었다. 문득 정신을 차려보니 내가 눈을 뜬 지 마흔 시간이 지났다는 사실이 떠올랐다. 하지만 아무렴 어떠랴. 여행의 첫날은 그렇게 목이 터질 것 같은 함성과 흥겨운 떠들썩함으로 시작되었다.

HITCHHIKING EPISODE 1

잘 된다! 히치하이킹

벨기에 브뤼셀 ————→ 벨기에 겐트

될까, 안 될까? 할까, 말까? 이렇게 들면 잘 보일까? 여기보다 더 좋은 데가 있을까? 거절당하면 어쩌지? 이상한 놈으로 보는 건 아니야? 좀 창피한데……. 브뤼셀 외곽 고속도로 진입로에 들어선 나는 지나가는 차를 보며 몇 번이나 망설였다. 오늘의 목적지를 써놓은 '겐트GENT'라는 사인카드만 멍하니 쳐다보며 어떻게 하면 히치하이킹에 성공할 수 있을지 곰곰이 생각했다.

정작 시도하려니 엄두가 나지 않는다. 유럽 대륙을 혼자 히치하이킹으로 횡단하겠다는 꿈을 품고 이곳에 왔는데, 시작부터 고민이 된다. 지나가는 차에 사인카드를 들어 보여주기만 하면 되는데, 팔이 말을 듣지 않는다. 일단 그나마 말을 듣는 발을 이용해서 잠깐 걷기로 했다. 주변을 좀 둘러보다 보면 이곳보다 더 나은 곳이 나오거나 히치하이킹을 시도할 자신감이 생길 것 같아서였다. 처음 생각했던 곳에서 시도조차 못해보고 자리를 떠난 스스로에게 욕을 하며 계속 걷다 보니 주유소가 나왔다. 이 길 위에 있는 주유소에서 기름을 넣는 차량이라면 분명 겐트 방향으로 갈 것 같았다. 몇 번이고 첫인사를 되뇌며, 무조건 다음에 들어오는 차에 다가가 겐트로 가느냐고 물어봐야겠다고 생각했다.

차 한 대가 들어왔다. 인상이 좋은 아저씨가 내려 기름을 넣기 시작했다. 나는 무작정 다가가 다짜고짜 물었다.

"Hi, Are you going to go to Gent?"

몇 초간의 정적이 흐르고, 아저씨는 아무 말도 없이 무심하게 손가락으로 조수석을 가리켰다. 허리를 숙여 조수석을 살펴보니 역시 인상이 좋은 아주머니가 계셨다. 나는 또다시 수십 번을 되뇌었던 첫마디를 했다.

"Hi. Are you going to go to Gent?"

대답은 '예스'였다. 내가 태워줄 수 있느냐고 물었을 때의 대답 역시 '예스'였다. 동승한 강아지가 새로 온 손님을 맞이하며 으르렁거렸다. 아주머니는 나를 격하게 맞는 강아지를 자신의 무릎 위에 앉혔다.

시원한 바람이 불어오는 창밖은 초록의 나무와 풀로 가득했다. 지금 이순간이 마치 꿈속인 양 몽롱했다. 그렇게나 입이 떨어지지 않아 망설이던 히치하이킹인데, 첫 번째 시도에서 순조롭게 성공하다니……. 안도감과 함께 내 마음속을 짓눌렀던 그 망설임은 과연 무엇이었는지 의문이 들었다. 그리고 그간의 삶에서 시도도 해보지 못하고 망설이다 포기한 것들이 함께 일렁였다. 이를테면 좋아한다는 말 한마디 꺼내보지 못한 채 지나가버린 풋사랑 같은 것들 말이다. 되고 안 되고는 시도해보지 않으면 알 수 없다. 일단 해보면 어찌 되었건 답이 나오는데, 해보지도 않고 망설임의 끈만 부여잡고 있다가 포기한 순간이 한두 번이 아니었다. 되면 좋은 거고, 안 되면 다시 하면 되는 아주 단순한 법칙 같은 것인데도…….

어느덧 겐트로 빠지는 표지판이 나타났고, 아저씨는 도심으로 향하는 길 위에 나를 내려주었다. 아주머니와 강아지에게도 감사의 인사를 했다. 그들은 오히려 덕분에 재미있는 추억을 쌓았다며 고맙다고 답해주었다. 이렇게 따뜻한 성공으로 남은 첫 번째 히치하이킹의 기억은 이후의 길고도 거친 여정을 버티게 하는 양분이 되었다.

Gent 겐트

일상은
여행보다
특별하다

  낮은 평야지대에 위치한 겐트는 강과 운하를 통해 북해와 연결된 항구 도시이며, 이를 기반으로 프랑스와 네덜란드, 영국을 잇는 무역과 방직의 거점 도시로 성장한 곳이다. 지금은 같은 벨기에의 브뤼셀이나 안트베르펜Antwerpen보다 규모가 작지만, 13세기만 해도 유럽에서는 파리Paris 다음으로 큰 도시였다고 한다. 운하를 따라, 골목길을 따라 걷다 보니 과거 웅장함을 자랑했을 성 니콜라스 성당과 매시마다 정각을 알리는 음악을 들려주던 종루 벨포트, 4세기에 걸쳐 완성되었다는 성 바보 대성당이 보였고, 이내 드넓은 광장이 나왔다. 그리고 그와 자연스럽게 어우러져 현재의 일상을 살아가고 있는 여유로운 주민들의 모습도 보였다. 한때는 거대한 도시였지만 지금의 겐트는 소박하고 포근했다. 회색빛 고성 밑에서 형형색색의 스탠딩 보드를 타고 운하를 가로지르는 비키니 차림의 여인과, 하얀 꽃이 핀 잔디밭에 앉아 담배와 라이터로 저글링을 하

고 있는 청년의 모습에서 중세와 현대를 오가는 이들 삶이 교차한다.

큰 광장에는 수백 대의 자전거가 주차되어 있었고, 좁은 골목길에도 역시 수많은 자전거가 오갔다. 그중에는 도저히 타고 다닐 수 없을 정도로 낡은 것도 보였다. 도심으로 향하는 길에는 트램이 지나다녔는데, 이 트램이 지나간 빈자리가 수많은 자전거로 금세 채워지는 진풍경을 보고 있자니 벨기에의 실질적인 이동수단이 되고 있는 자전거의 위엄이 느껴졌다.

도심을 누비다 호스트 리에븐 집에 도착해보니 테이블에 온갖 선물과 포장지들이 널려 있었다. 무엇을 하고 있었냐고 묻자 마침 오늘이 조카의 생일이라 생일 선물을 포장하고 있다고 했다. 나는 투박한 손으로 포장을 도왔다. 리에븐의 투박한 손에 나의 손이 또 붙어 선물이 두 배 더 투박해졌다. 신세를 지는 호스트에게 조금이라도 도움이 되고자 사진을 찍어주겠다는 명목으로 이들의 소박한 잔치에 합류했다.

햇볕이 내리쬐는 자그마한 정원에서 생일잔치가 시작되었다. 이날의 주인공인 빅터는 테이블에 놓인 수많은 선물들을 뜯다 물총 세트를 발견하곤 바로 전쟁을 시작했다. 물총에 물을 가득 담아 이리저리 뛰며 쏴댔고, 이에 격분한 어른과 아이들은 다른 물총을 주워와 반격했다. 종군기자인 나는 그들 사이를 누비며 날아오는 물을 피해 연신 셔터를 눌렀다. 결국 전쟁은 아주머니가 화려한 케이크를 들고 나오며 진압되었다. 빅터는 물총을 잡던 손으로 플라스틱 칼을 잡고 케이크를 잘랐다. 그렇게 빅터는 다섯 살이 되었다. 이런 순간들을 마주할 때마다 여행 중의 일상은 여행보다 특별하다는 것을 새삼 깨닫는다.

CHAPTER 02

FRANCE

프랑스

과거와 현재가 함께 흐르는 곳

-

Lille

Paris

Tours

| **Lille** 릴

국경을 넘자,
　　푸아그라가
나왔다

　| 한참을 걷다 보니 발꿈치가 아팠다. 그늘진 잔디밭에 누워 신발을 벗어보니 500원짜리 동전만 한 물집이 생겨 있다. 그대로 잔디밭에 벌렁 누워 아직은 초반이니까 힘든 게 당연하다고, 그래도 앞으로 나아가고 있지 않느냐고 스스로를 다독이고는 다시 기운을 차려 히치하이킹을 시도한다. 그러고도 허탕을 치기를 수차례……. 안 되겠다 싶어 이내 전략을 수정했다. 프랑스에 인접한 코르트레이크Kortrijk로 먼저 이동하고, 거기에서 릴Lille로 가는 차를 히치하이킹하기로 말이다. 이 전략은 정확히 맞아떨어졌다. 얼마 안 있어 차 한 대가 멈췄는데, 릴로 데려다 달라는 내 말에 그녀는 활짝 웃으며 말했다.

"Why not?"

조금의 망설임도 없는 시원시원한 말투였다. 그 한마디에 피로가 모두 씻겨 내려갔다. 직업이 무엇이냐는 내 질문에 그녀는 '백수'라고 대답

하곤 이보다 더 좋은 직업이 어디 있느냐며 호탕하게 웃었다. 백수라는 타이틀을 얻기 위해 무척이나 오랜 시간을 기다렸다는 말을 덧붙이면서…….

차는 얼마 안 가 프랑스로 접어들었다. 그녀가 이제부터 프랑스라고 말해주지 않았다면, 벨기에를 떠났다는 사실을 알아차리지도 못했을 것이다. 국경의 경계가 전혀 없다는 사실은, 확고한 국경을 가지고 서로를 경계하는 나라에서 살고 있는 나에게 꽤나 신선했다. 우리는 언제쯤 아무렇지 않게 경계를 넘나들 수 있을까?

릴의 도심으로 향할수록 도로는 좁아졌고, 바닥은 아스팔트가 아닌 벽돌로 대체되었다. 울퉁불퉁한 질감이 앉은 자리에서도 느껴졌다. 불편하다기보단 포근한 느낌이었다. 내가 릴의 호스트와 노트르담 성당에서 만나기로 했다고 하니, 그녀는 친절히 그곳에서 내려주었다. 히치하이커는 늘 고맙다는 말을 달고 살 수밖에 없다.

릴에 도착하자마자 노트르담 성당 바로 옆에 있는 호스트 다비드의 집을 찾았다. 실내가 아주 깔끔하고 근사하게 꾸며져 있었다. 호텔리어를 양성하는 학교의 선생님인 다비드는 길고 긴 방학을 즐기고 있었는데, 사람을 상대하는 일을 해서인지, 아니면 천성인지 내게 과분할 정도의 친절을 베풀어주었다. 늘 먼저 불편한 점은 없는지 묻는 다비드 덕분에 그의 집에 머무는 동안은 마치 호텔에 있는 것처럼 편안했다.

다비드와 함께 릴을 둘러보러 나섰다. 프랑스는 여유와 낭만이 가득하리라는 환상을 가진 내게 과거의 모습을 고스란히 안고 있는 릴의 풍경은 그 자체로 특별하게 다가왔다. 다비드는 과거 파리에도 거주했지만 살인적인 물가와 너무나도 빠른 삶의 속도에 염증이 나서 이곳 릴에 정착했다고 한다. 그는 어떻게 하면 스스로의 삶을 풍요롭게 꾸려나갈 수 있는지 알고 있는 듯했다.

릴만의 독특한 풍경을 두고 그는 너무 오래되어 한때는 아무도 살려고 하지 않았던 구시가지의 낡은 건물들이 이제는 가장 비싼 생활 공간이 되었다고 설명했다. 사람들이 낡은 건물을 그 자체로 역사와 문화의 한 부분이자 삶의 여유를 되찾는 공간으로 여기기 시작했다는 것이다. 집값

이 비싸고, 주차 공간이 부족하고, 내부 공간이 다소 좁다는 단점들이 있지만 그 역시 이곳을 사랑한다고 말했다. 불편함을 감수하고 멋과 의미를 지향한다고 할까? 이들을 보며 우리네 삶의 공간을 떠올렸다. 우리는 개인이 차지하는 영역이 넓을수록, 타인과 공유하는 공간은 좁을수록 좋은 것이라고 여기는 듯하다. 하지만 릴의 시민들이 선호하는 공간은 이와 반대인 것 같았다. 집과 집 사이, 광장, 골목길과 같이 타인과 섞이는 공간에 더 큰 의미가 있었다. 나는 이곳에서 우리가 추구하는 효율성이라는 것에 대해 생각해보았다. 삶의 여유와 아름다움이 과연 효율만을 내세운 규격화된 공간에서 비롯될 수 있을까? 편의만을 앞세운 우리의 주거문화도 언젠가는 이 같은 모습으로 바뀌게 될 날이 오게 될까?

저녁이 되자 다비드의 친구 장뤼크가 뭔가를 잔뜩 싸들고 방문했다. 그는 온갖 식자재를 정리하며 내게 물었다.
"프랑스는 처음이야?"
"네, 처음이에요."
"그럼 오늘이 프랑스에서의 생일이네! 생일 파티를 하자! 풀코스로 프랑스 정찬을 준비해줄게."
갑작스레 생일을 맞은 나는 여유롭게 샴페인을 마시며 그가 요리하는 것을 구경했다. 다비드는 그런 내 옆에서 책까지 펼쳐 보이며 식재료를 하나씩 설명해주었다. 그중에는 귀하다는 송로버섯도 있었는데, 그 향기가 대단히 깊고 특이했다.
드디어 모든 요리가 완성되었다. 풀코스 만찬의 첫 요리는 무려 푸아그

라였다. 세상에 푸아그라를 여기서 이렇게 먹게 될 줄이
야! 2005년산 알자스 화이트 와인, 토스트와 곁들여 먹었
는데, 실로 이렇게 맛있는 음식을 먹어본 적이 있었나 싶을
정도로 놀라웠다. 물론 내 입이 좀 저렴하긴 하지만⋯⋯.
크림처럼 사르르 녹아내리는 식감과 혀를 덮는 깊은 풍미
는 하나의 요리가 이런 행복을 줄 수 있구나, 라는 경이를
느끼게 했다. 이어지는 여러 가지 음식과 다양한 이야기들,
프랑스 특유의 여유가 가득했던 저녁식사는 자정이 훌쩍
넘도록 이어졌다.

카우치서핑의 장점 중 하나가 바로 이런 것이다. 각국의 가
정식 백반을 경험해볼 수 있다는 것. 때로는 나도 비빔밥이
나 파전 같은 한국 음식을 대접하곤 했는데, 밥을 나누면서
서로 다른 문화를 가장 가깝게, 직접적으로 대면할 수 있었
다. 이날은 지극히 화려했지만, 보통은 그들에게 가장 일반
적이고 친근한 음식을 함께 나누는 경우가 많다. 일상의 공
간에서 격식을 차리지 않고 음식을 나누는 것은 서로에게
좀 더 마음을 열 수 있는 진솔한 계기가 되어준다. 낯선 공
간에서 낯선 사람과 만나 가까워지는 데 이보다 더 좋은 방
법이 있을까? 세계 2대 진미라는 송로버섯과 푸아그라보
다 지금 이 순간 자체가 더 귀하게 느껴졌다. 그렇게 잔을
부딪치며, 마음을 부딪치며 밤이 더욱 깊어갔다.

| **Paris** 파리

우리는
어떤 가면을
쓰고 있을까

| 파리에서 처음 찾은 곳은 역시 에펠탑. 트로카데로 역에 내려 에펠탑이 내려다보이는 샤요 궁으로 향하다 보니 팔에 주렁주렁 에펠탑 모형을 매달고 있는 거리의 판매상들이 보였다. 여행을 시작하기 전, 파리에 대한 정보를 수집할 때 이 판매상들이 강매를 하거나, 한눈을 판 사이에 주머니를 털어간다는 이야기를 들었다. 때문에 역에서 내리자마자 그들을 보고 경계의 끈을 늦추지 않았지만, 누구도 나에게 관심을 보이지 않았다. 나의 경계가, 그리고 의심이 무안해질 정도의 무관심이었다. 안도감을 느끼면서도, 한편으로 아쉬운 마음이 드는 건 왜였을까.

에펠탑을 본 이후엔 그저 정처 없이 떠돌았다. 우연한 발견의 기쁨을 온전히 누리고 싶었기 때문이다. 파리 골목길은 나름의 우아함을 지니고 있었고, 일상을 사는 사람과 여행을 하는 사람 간의 일정한 규칙과 섞임이 곳곳에서 눈에 띄었다.

그렇게 줄곧 떠돌다 더위를 피하기 위해 한 기차역에 들어갔다. 역내에 피아노 한 대가 놓여 있다. 기차역에 피아노라니……. 어울리지 않는 듯한 모습이 신기해서 잠시 바라보고 있었는데, 여행자 한 명(아마도 어디론가 떠나려고 기차를 기다리는)이 피아노 옆에 배낭을 내려두고 연주를 시작했다. 첫 번째 곡을 칠 땐 그냥 지나치는 사람들이 대부분이었지만, 두 번째 곡을 연주할 땐 멀리서, 혹은 바로 옆 의자에 걸터앉아 감상하는 사람들이 제법 늘어나 있었다. 일상의 공간에서 누군가의 재능이 모두의 여유로 치환되는 순간이었다.

한껏 여유롭게 파리를 누비다 호스트 치다사의 집을 찾았다. 마침 치다사는 나보다 먼저 그녀의 집에서 카우치서핑 중이던 군다와 함께 머리에 롤을 말고 화장을 하느라 정신이 없었다. 이날 저녁 시청사에서 열리는 콘서트 페스티벌에 가려는 길이었다. 나도 함께 가기로 했으나 달리 준비할 것이 없었다. 종일 신고 있던 신발을 벗고 시원한 슬리퍼로 갈아 신으니 그것으로 끝. 치다사와 군다는 "역시 남자는 속 편한 존재야."라며 어깨를 으쓱거린다.

파리 시청사는 프랑스 혁명 당시 시민들이 체제의 질서를 무너뜨리기 위한 거점으로 활용했던 곳이다. 역사적으로 늘 일반 대중과 맞닿아 있었던 이곳에서 오늘도 역시 그들을 위한 축제가 열렸다. 주변을 둘러보니 옆으로는 눈을 감고 흘러나오는 음악에 맞춰 몸을 흔들고 있는 여인이 보였고, 앞쪽에는 조금이라도 더 공연을 가까이에서 보기 위해 가로등을 오르는 청년도 있었다. 술에 취해 난간에서 비틀거리다 떨어지는 아저씨도 있었고, 시청 맞은편 집 창에서는 와인 잔을 들고 이곳을 바라보고 있는 사람들의 실루엣도 보였다. 그리고 언제부터인가 흥에 겨워 춤을 추고 있는 내 모습을 보게 되었다.

사실 나는 어려서부터 춤추는 것을 싫어했다. 기억을 더듬어보면 초등학교 학예회 때 억지로 집단율동에 동참해야 했는데, 어린놈이 얼마나 한이 많았는지 살풀이에 가까운, 아방가르드한 춤사위를 선보였던 모양이다. 그 모습을 지켜보던 아버지는 "저놈이 내 아들일 리가 없어!"라고 되뇌면서도 비디오카메라를 계속 들이대고 계셨다고 한다. 지금도 가끔 아버지는 그때 왜 그랬느냐며 나를 놀린다(그럴 때마다 속으로는 '유전이 아닐까요?'라고 대꾸하고 싶다). 이렇게 춤과 어울리지 못하는 내가 파리라는 낯선 도시 한복판에서, 게다가 주위의 모든 사람들이 볼 수 있는 분수대 앞에서 춤을 추고 있었던 것이다. 그 모습이 어떻게 보일지에 대한 고민은 전혀 하지 않은 채……

인간은 본질적으로 다양한 가면을 쓰고 살아간다. 가면이라는 건 거창한 것이 아니라, 실제 마음과 그 마음대로 행하지 못하는 현실의 간극 정도로 얘기할 수 있다. 이를테면 타인을 대하는 태도, 화장이나 의복 같은 것들 말이다. 그런 가면 없이 일상을 살아내기란 쉬운 일이 아니다. 나의 온전한 모습을 그대로 드러낸 채 생활하는 건, 마치 옷을 입지 않고 거리를 활보하는 것이나 다름없을 테니까.

그래서 여행은 매력적이다. 인천공항을 떠나 다른 나라에 도착하는 순간, 많은 여행자들이 가면을 벗는다. 그리고 여행이 길어지면 길어질수록 그 가면을 내팽개치게 된다. 부스스한 머리에 맨 얼굴로도 당당히 돌아다니는 여자와 잔뜩 자란 수염과 머리를 늘어뜨리고 더러운 티셔츠 차림으로 어슬렁거리는 남자들……. 여행의 특별한 매력 중 하나는 껍데기가 아닌 알맹이의 나를 만나볼 수 있다는 것 아닐까.

본연의 의지대로 자유롭게 숨
쉴 기회를 얻을 수 있다는 것.
춤을 못 추면 못 추는 대로, 흐
느적거리는 오징어 같으면 오
징어 같은 대로 나를 온전히 내
려놓을 기회를 가질 수 있다는
것. 아는 사람도 없는데 아무렴
어떤가.

[프랑스, 파리] 투르 드 프랑스의 마지막 구간. 색색의 자전거들은 개선문을 돌아 샹젤리제 거리로 향했다. 그러고는 콩코드 광장을 돌아 다시 개선문으로 향했다. 나는 끊임없이 이곳을 도는 자전거들을 보며 김수영의 《시여, 침을 뱉어라》의 '온몸으로, 바로 온몸으로 밀고나가는 것이다.'라는 문장이 떠올랐다. 파리에서 여유롭게 머무는 동안, 잡혀있던 물집은 하나둘씩 굳은살로 박혀 더 단단해졌다. 이제 이 여행도 다시 온몸으로 밀고나갈 차례다.

스쳐지나는 모든 인연이 소중한 이유

프랑스 오를레앙 ──────→ 프랑스 투르

파리를 떠나서는 한동안 오를레앙Orléans에 머물렀다. 오를레앙의 호스트 레미는 나와 전공이 같았고, 이루고 싶은 목표도 비슷해 공유할 이야깃 거리가 많은 친구였다. 나는 목표를 누군가에게 이야기하는 횟수가 많아 질수록 조력자들이 더 많이 생기리라 믿는다. 마음만으로 빌어주든 실제 적인 조언을 해주든 곁에서 힘이 되어주는 이들이 늘어간다면 그 목표에 도달할 가능성 또한 더 커지지 않을까. 같은 꿈을 공유할 수 있었던 레미 와 함께 한 시간은 충분히 값지고 알찬 시간이었다.

투르Tours로 향하던 날, 마침 레미 역시 파리에 나갈 일이 있었다. 그는 친 절하게도 나를 히치하이킹 포인트까지 태워줬다. 덕분에 어렵지 않게 투 르 방향인 블루아Blois로 가는 차를 얻어 탈 수 있었다.

블루아의 톨게이트에 내려서 사인카드를 몇 번 흔들다 보니 큰 트럭 한 대가 멈췄다. 파리에서 투르로 화물을 운반하는 리무스는 혼자(혹은 라디 오와) 보내는 시간이 너무 길어 지루했다며, 나를 태운 것을 무척이나 즐 겁게 여겼다. 우리는 이런저런 이야기를 나누다 투르 도심으로 진입하 는 갓길에서 헤어졌다.

정확히 말하면 이날은 투르에서 약 5킬로미터 정도 떨어진 발랑미르 Ballan-mire라는 곳에서 호스트를 찾았는데, 그 정도의 거리는 충분히 걸어 갈 수 있을 것 같아 히치하이킹을 하지 않기로 했다. 그런데 두 발자국쯤 걸었을 때, 갑자기 비가 쏟아진다. 무더위에 비를 맞으며 걷는 것도 나쁘 진 않겠지. 비는 시원하면서도 찝찝한 맛이 났다.

비에 젖은 투르의 모습은 꽤나 특별하다. 가끔씩 구름을 뚫고 나온 햇빛에 젖은 거리가 눈부시게 반짝이고, 우산을 든 사람들의 종종거리는 걸음걸이도 어쩐지 정감이 갔다. 두꺼운 아스팔트를 뚫고 싹을 피워낸 풀들도 그날따라 왠지 대단해 보였다. 한낱 풀도 스스로를 피워내기 위해 투쟁하는데 우리는 얼마나 많은 삶의 국면에서 환경을 탓하며 스스로의 싹을 꺾어버리는지……. 온갖 상념에 젖어 길을 재촉하고 있을 때, 갑자기 뒤에서 경적이 울렸다. 하지만 이 동네에 나를 아는 사람이 있을 턱이 없으니 뒤도 돌아보지 않고 그대로 계속 걸었다. 그런데 경적이 또 울렸고, 어디선가 사고가 났나 생각할 때쯤 익숙한 목소리가 들렸다.

돌아보니 리무스다. 블루아에서 투르까지 트럭으로 나를 태워다 준 그가 이번에는 자신의 승용차를 몰고 이 주변을 운전하다가 나를 발견한 것이다.

"너 왜 아직도 걷고 있어? 어디까지 가는 건데?"

"얼마 안 남았어요. 요 앞 발랑미르에 가는 거예요."

"야, 그럼 거기 간다고 말을 하지. 나 여기 사는데."

"어, 정말요? 그런데 걸어갈 수 있어요."

"웃기지 말고 타. 데려다 줄게."

사실 계속되는 비에 조금 지친 상태였다. 나중에 알고 보니 내가 지도상으로 확인한 5킬로미터는 직선거리였고, 실제로는 구불구불한 골목길과 큰 골프장을 돌아서 꽤 오랫동안 걸어야 하는 거리였다. 리무스는 이날 일을 마치고 친구 집으로 가던 도중, 배낭을 멘 채 터벅터벅 걷고 있던 나를 보고 차를 돌려 따라왔던 것이다.

"여기 내 전화번호랑 메일 주소. 혹시라도 무슨 일 생기면 연락해. 아, 그리고 나는 내일 파리에 가니까 혹시 가고 싶으면 내 차 타고 가."
나를 목적지 앞에 안전하게 내려준 후 리무스가 말했다.

하루에 같은 사람의 다른 차량을 각기 다른 지역에서 히치하이킹하게 될 확률은 얼마나 될까? 실로 놀라운 인연이다. 하루하루 이어지는 우연한 만남들에서 이처럼 특별한 인연을 느끼다 보니, 그냥 스쳐 지나가

는 듯한 사람들에게도 성심성의껏 대해야 한다는 것을 깨닫게 된다. 오늘 나는 길에서 만난 사람들에게 과연 진심으로 다가갔는가. 잠깐의 만남이지만 그 시간에 성의를 다했는가. 늘 자문해봐야 한다. 오늘처럼 특별한 인연이 다가왔을 때 그 싹을 파릇파릇한 잎으로 피워내기 위해서라도…….

CHAPTER **03**

SPAIN

스페인

바다가 선사한 여유로움

-

Irun

San Sebastián

HITCHHIKING EPISODE III

히치하이커가 지불할 수 있는 대가는?

프랑스 보르도 ─────→ 스페인 이룬

064

히치하이킹에 늘 반가운 만남과 유쾌한 성공만 존재하는 건 아니다. 보르도Bordeaux에서 스페인으로 향하는 길은 정말이지 보르도가 나를 놓아주지 않는 것 같다는 생각이 들 만큼 쉽지 않았다. 하루 종일 애썼지만, 해 질 무렵 도착한 곳은 기껏해야 보르도에서 20킬로미터 남짓 떨어진 A63 고속도로 휴게소. 나는 그 탈출을 위한 투쟁 속에서 '스페인에 도착할 때까지 한 푼도 쓰지 않겠다.'라는 일종의 오기 어린 다짐까지 했다. 결국 보르도 근처 A63 고속도로 휴게소에서 아침을 맞았다. 아침거리는 각설탕 두 개가 전부. 어제 카페테리아에서 주워온 유일한 식량이다. 체면을 차리느라 한 움큼 집어오고 싶은 욕구를 꾹 참고 기품 있게 딱 두 개만 집어왔는데, 당연히 이걸론 배가 차지 않는다. 그놈의 체면이 뭔지……. 달착지근한 각설탕을 살살 녹여가며 아껴 먹다 보니, 어젯밤 먹은 육즙이 살아있던 스테이크와 부드러운 푸딩이 생각난다. 미식과 낭만의 나라 프랑스, 그것도 와인의 명산지 보르도 근처 휴게소에서 바쁜 누군가가 감자튀김 몇 개만 먹고 남긴 고급 중고 스테이크였다. 전 주인이 차를 타고 떠나는 것을 확인하고, 그들이 떠난 탁자에 아주 자연스럽게 앉아 우아하게 즐긴 만찬이었다.

푸른 나무에 뒤덮인 휴게소 화장실에서 여유롭게 씻고, 주차장 옆 벤치에 누워 이곳에서 300킬로미터 떨어진 스페인으로 가는 전략을 다시금 생각해본다. 어제는 나를 포함해 총 다섯 명의 히치하이커가 같은 자리에서 치열한 경쟁을 펼쳤는데, 오늘은 가장 먼저 일어나 부지런을 떤 내가 홀로 시장을 독점할 분위기다. 왠지 오늘은 그리 어렵지 않게 히치하이킹에 성공할 수 있을 것만 같다. 행장을 차리고 고속도로 입구에서 다시 섰다. 몇 대의 차가 지났을 때쯤 저 멀리서 누군가가 쭈뼛쭈뼛 다가온다. 자신이 이룬Irun이라는 스페인의 국경 도시에 가는데, 나를 태워주겠다는 것이다. 당연히 고맙다고 "예스! 메르시! 그라시아스!"를 외쳤는데 이런, 돈을 요구하는 게 아닌가. 정중히 사양하고는 다른 차량을 향해 다시 사인카드를 흔들었다. 그는 그런 나를 잠시 바라보며 웃더니 그냥 태워주겠다고 했다.

루마니아 출신의 호라시오는 네덜란드 로테르담Rotterdam에서 출발해 스페인 이룬까지 화물을 옮기는 중이라고 했다. 내가 벨기에에서 여기까지 '공짜' 히치하이킹으로 왔다고 하니까 꽤나 놀라는 눈치다(나중에 알고 보니 루마니아의 히치하이킹은 어느 정도의 비용을 지불하

는 게 보편적이었다).

이런 저런 대화가 오가던 도중 내가 나중에 루마니아에도 갈 거라고 했더니 호라시오는 생존 루마니아어를 하나하나 소개해주었다. 공짜 수업에 신이 난 나는 열심히 받아 적고 발음 교정을 받았다. 차에서 내릴 때쯤 그는 자신의 연락처를 알려주었다. 물론 루마니아에 오면 자기 집에서 머무르라는 말도 잊지 않았다.

그는 이제 우리가 친구가 되었다며, 루마니아에서는 친구 사이에 물건을 교환하는 풍습이 있다고 했다(사실인지는 모르겠다). 그러곤 넌지시 자신의 낡은 휴대전화를 꺼내더니 내 스마트폰과 교환하자고 한다. 아마 지도를 보여줄 때 내 전화기를 눈여겨본 모양이다. 정중히 거절을 했다. 활기차던 호라시오의 표정이 어느새 굳어버렸다.

그의 변화를 보며, 이번 여행에서 계속 품고 있었던 질문이 다시금 떠올랐다. 나는 그동안 나를 스쳐 갔던 사람들에게 무언가를 주는 사람이었던가? 인간관계가 본질적으로 주고받음을 기본으로 형성되는 것이라면 지금의 나는 제대로 된 관계를 다져가고 있는 것일까? 혹시 받는 것에만 익숙해서 아무것도 나누지 못하고 있는 건 아닐까? 내가 사람들에게 줄 수 있는 것은 무엇일까? 이번 여행에서는 이 질문에 대한 답을 찾아야 하는 목표가 추가되었다.

| **San Sebastián** 산세바스티안

눈부신 바다,
한없이 편안한
자유로운 발걸음

| 호라시오는 국경의 톨게이트에 나를 내려주었다. 드디어 스페인으로 넘어 왔구나, 자축하며 바로 이날의 최종 목적지인 빌바오^{Bilbao}로 가기 위한 히치하이킹을 다시 시도했다. 그런데 톨게이트가 워낙 넓어 차들이 쉽사리 눈길을 주지 않는다. 때마침 옆에 있던 경찰이 다가와 이곳 말고 저기 멀리 가서 히치하이킹을 하란다. 그가 손가락으로 가리킨 곳을 따라가 보니 차가 너무 빠르다. 고민하다 마을로 들어가 혹시라도 발견할 다른 출구에서 히치하이킹을 시도하기로 계획을 바꾸었다. 큰 도로를 등지고 마을로 향했다. 그런데 뭔가 이상하다. 여기 스페인 맞나? 표지판이 여전히 프랑스어인데? 자전거를 타고 지나가는 주민에게 물었다.

"여기가 스페인이에요, 프랑스예요?"

"프랑스예요. 스페인은 저 강을 건너가야 해요."

알고 보니 내가 내린 곳은 프랑스령 앙다예Hendaye. 조금 더 걸어 다리를 지나니 드디어 스페인어로 적힌 표지판이 보인다. 이제야 진짜 스페인 이룬으로 넘어온 거다.

국경을 맞대고 있는 프랑스와 스페인이지만, 삶의 풍경은 꽤나 달랐다. 골목엔 허름한 아파트가 즐비했고, 그 사이엔 작은 펍과 타파스를 파는 레스토랑들이 보였다. 상점에 들어가보니 프랑스보다 물가가 확실히 쌌다. 기념으로 콜라와 빵을 사 벤치에 앉아 만찬을 즐겼다. 콜라가 이렇게 맛있었나, 라고 생각하며 주변을 둘러보니 이곳엔 상점이 과도할 정도로 많았다. 그리고 길거리에선 여전히 프랑스어가 들렸다. 주변에 사는 상당수의 프랑스인들이 프랑스가 아닌 스페인에서 생필품을 구매하는 모양이었다.

간단히 허기를 채운 후 다시 히치하이킹을 시도했지만 차가 잘 잡히지 않았다. 시간은 계속 흐르고, 어떻게 할까 고민하다 얼핏 보르도의 호스트 소피 집에서 함께 묵은 친구가 했던 말이 떠올랐다.

"스페인에서는 산세바스티안이 가장 멋있었어."

이룬의 옆 동네가 바로 산세바스티안. 잠시 망설였지만 어차피 오늘은 잘 곳도 없다. 에라 모르겠다, 그냥 가보자. 아무 곳이면 어떤가! 그렇게 훌쩍 마을버스에 몸을 실었다.*

버스의 표지판에는 '도노스티아–산세바스티안Donostia-San Sebastián'이라고 적혀 있었다. 도노스티아는 바스크어, 산세바스티안은 스페인어다. 이곳에 오기 전까지 바스크어를 '사투리' 정도로 생각했는데, 전혀 아니다. 프랑스어와 스페인어 간의 차이보다 더 큰 게 스페인어와 바스크어의 차이다. 바스크 지방에서는 공교육에서부터 바스크어를 쓰고 있다. 바스크 지방에서 고맙다고 스페인어로 '그라시아스'라고 인사를 하면, 꼭 바스크 표현인 '에스케리크 아스코eskerrik asko'로 정정해준다. 언어는 그 자체로 그들의 정체성을 표현한다. 그 정체성은 효율성이나 경제의 논리로 침범되어서는 안 되는 것이리라.

얼마 가지 않아 차창 밖으로 가슴이 뻥 뚫릴 만큼 시원한 바다가 보인다. 단번에 참 잘 왔다는 생각이 든다. 계획도, 잘 곳도 없지만 어쩐지 마음이 지극히 편안하다. '정처 없음'이라는 말과 바다는 뭔가 묘하게 어울리는 것 같다는 생각을 해본다. 이곳을 그냥 지나쳤으면 얼마나 아쉬웠을까. 빌바오행 차가 잡히지 않은 행운(?)으로 산세바스티안을 만난 것이 마치 '이곳을 꼭 보고 가라'는 신의 당부처럼 느껴졌다. 고민도, 불안도 드넓은 바다가 모두 포용해주는 느낌이다.

수많은 항구 도시들을 돌아봤지만 산세바스티안이 주는 느낌은 또 달랐다. 바다 한가운데에는 하얀 요트들이 정박해 있고, 깔깔거리며 연신 다이빙을 하는 어린아이들이 있다. 여유롭게 해변을 거니는 연인들과 갈매기에게 과자를 주는 노인들…… 하나같이 한가롭고 여유로웠다. 항구의 한편에는 바스크 지방의 전통 낚싯배인 트라이네라스Traineras 경주를 위해 몸을 푸는 사람들이 보인다. 그리고 그 바로 옆에서 한 무리의 사람들이 스쿠버다이빙을 준비하고 있다. 상의를 훌러덩 벗어 던진 채 장비를 점검하는 여자가 보인다. 뭐 이런 좋은 동네가 다 있담.

각기 다른 일상의 풍경들이 이질적으로 구분되는 것이 아니라 따뜻하게 섞여 있다. 커다란 배낭을 멘 여행자는 그 여유로운 모습에 쉽게 발길을 뗄 수 없었다. 산세바스티안은 바다가 주는 풍요로움을 확실히 누리고 있는 곳이었다.

이날은 짐을 맡겨둘 곳이 없어 온종일 짊어지고 다녔는데, 이상하게도 피곤한 느낌이 없었다. 빗방울도 조금씩 떨어지는 축축한 날씨지만 어쩐지 편안한 느낌이다. 잘 곳도 없는 놈이 배짱도 좋지. 와이파이가 잡히는 곳으로 들어가 카우치서핑 사이트(couchsurfing.org)의 긴급요청*을 확인했다. 아쉽게도 별다른 소득이 없다. 오늘 밤은 어디서 보내볼까. 지난번 보르도 근처의 휴게소에서 노숙을 해본 이후 어느 정도 자신감이 붙었다. 이젠 전혀 거리낌이 없다. 그때 저 멀리 놀이터의 4층짜리 미끄럼틀이 눈에 들어왔다. 계단을 따라 2층으로 올라가보니 누군가 자고 있었다. 3층, 4층, 지붕 바로 밑에 숨겨진 5층에도 역시 잠을 청하는 이들이 있었다. 그랬다. 그곳은 산세바스티안 노숙자의 성지였던 것이다. 어설픈 여행자의 눈에도 노숙하기에 그만인 그곳을 터줏대감들이 놓칠 리 없었다. 나는 적당한 자리를 찾아 침낭을 깔곤 조용히 몸을 집어넣었다.

내 몸 하나 뉠 곳을 찾았다는 안도감에 스멀스멀 잠이 올 무렵, 어디선가 수군거리는 소리가 들렸다. 고개를 돌려보니 한 노숙자가 나를 노려보고 있었다. 그 옆의 동료는 앉은 채로 그에게 뭔가를 이야기하고 있었다. 주변의 분위기로 보아 두툼한 침낭을 든 그가 이 공간의 실세(?) 같았다. 줄곧 나를 노려보던 그는 한쪽 구석으로 가 오줌을 갈겼다. 쏴 하고 쏟아져 내리는 오줌발 소리에 괜스레 긴장이 됐다. 잠시 뒤 그가 나에게 다가와 말했다.

Last minute couch request. 각각의 도시에는 하위 그룹이 있는데, 라스트 미니트 카우치는 그 하위 그룹의 하나이다. 보통 48시간 이내 그 도시의 호스트를 구하려고 할 때, 글을 올려두면 그룹 멤버가 호스트를 지원해주곤 한다. 갑작스레 계획이 바뀌었거나, 기존의 호스트가 약속을 취소했을 때 사용하면 좋다.

"너 뭐 하는 거야?"

"응? 잘 데가 없어서 여기서 자려고."

"여기서 자면 안 돼."

"너는 여기서 자잖아."

"나는 자도 너는 안 돼."

"그런 게 어디 있어. 나도 여기서 잘 거야!"

나는 그 왕초의 말을 무시하고 침낭 속으로 머리를 집어넣었다. 5초 정도 지났을까. 그는 나를 흔들어 깨우더니 다시 말했다.

"너 여기서 자면 경찰에 신고할 거야."

그러곤 옆에서 나를 지켜보고 있던 다른 노숙자에게 휴대전화를 빌려 어디론가 전화를 거는 듯한 자세를 취했다. 순간 내가 우긴다고 될 일이 아니라는 생각이 퍼뜩 들었다. 노숙의 세계에도 정해진 구역이 있다는 사실을 먼 땅에서 온 초짜 노숙자가 알 리 있었겠는가. 더 이상 문제를 일으키는 건 좋지 않으리란 판단이 들어 꾸역꾸역 짐을 쌌다. 배낭을 짊어지고 지나가는 나를 향해 다른 노숙자들이 '당연히 그래야지.'라는 눈빛을 보냈다. 나는 다시 잘 곳이 없는 신세가 되었다. 이제 어디로 가야 하지? 무작정 걸었다. 그러다가 지붕이 있는 건물 밑에 잠자리를 잡았다. 오다가 주운 박스를 바닥에 깔아두니 푹신한 게 잠이 솔솔 오더라.

히치하이킹과 외모의 상관관계(?)

스페인 바르셀로나 ⟶ 프랑스 베지에

스페인은 히치하이킹하기에 조금 불편한 곳이다. 도로가 과도하게 차량 중심으로 만들어져 있기 때문이다. 많은 히치하이커들이 정보를 공유하는 웹사이트인 히치위키(hitchwiki.org)를 보면 프랑스는 1,500곳, 독일은 1,700곳 정도의 히치하이킹 포인트가 나오는데 반해 스페인은 고작 300곳 정도가 검색된다. 나 역시 히치하이커이다 보니 제대로 된 갓길 하나 없는 매정한 스페인의 도로가 미워지기 시작했다. 게다가 스페인 사람들은 프랑스 인들보다 히치하이킹에 호의적이지 않았고, 카우치서핑 호스트도 구하기 어려웠다. 카우치를 구하다 보면 각 나라의 특색을 느낄 수 있는데, 스페인의 경우는 여자 서퍼의 카우치 신청만 받겠다고 한 경우가 많았다. 70퍼센트 이상이 남자 호스트인 카우치서핑 시장에서 남자 서퍼가 설 자리는 정녕 없는 것인가?

그래서 결정했다. 이제 스페인을 떠나기로……. 그냥 떠나는 것도 아니고 최대한 빨리 떠나기로 말이다. 원래는 스페인의 부르고스Burgos를 거쳐 마드리드Madrid에 도착한 뒤 다음 목적지에 대해서 구체적으로 생각해 볼 계획이었지만, 바로 바르셀로나를 경유해 다시 프랑스 베지에Beziers 방향으로 가는 걸로 경로를 수정했다. 다시 스페인을 만날 땐 좋은 기억이 가득하길…….

히치위키에서 확인한 바르셀로나행 포인트에 당도하니, 커다란 배낭을 멘 여행자가 내 쪽으로 걸어오고 있는 것이 보였다. 우리는 마주 보고 웃으며 "너도 히치위키를 봤구나!"라고 외치고는 서로의 목적지를 물었다. 그는 프랑스의 툴루즈Toulouse로 향하는 스웨덴 출신의 히치하이커였다.

나와 방향이 같았기에 함께 히치하이킹을 하기로 했다.

그러자 곧 나 혼자 히치하이킹을 할 때와는 사뭇 다른 양상이 펼쳐졌다. 보통 내 앞에서 차를 세우는 사람은 아저씨가 대부분이었는데, 오늘은 유난히도 젊고 건강한 매력을 뽐내는 아름다운 라틴 여인들의 차가 우리 앞에 자주 서곤 했다. 모두 우리의 목적지로 가지 않아 동승의 행운은 찾아오지 않았지만, 그 상황 자체로도 큰 힘이 되었다. 그녀들은 밝은 미소로 시원한 맥주를 권하며 땡볕에서 히치하이킹을 하고 있는 우리를 응원해주었다.

가만있어보자, 이게 어찌 된 노릇일까? 왜 이렇게 아름다운 여인들이 우리를 차에 태우고 싶어 안달이 난 걸까? 원인은 나와 함께 히치하이킹을 하던 스웨덴 청년에게 있었다. 북유럽인 특유의 훤칠한 키와 금발 머리, 소화하기도 어려운 부츠와 비스듬히 쓴 카우보이모자로 한껏 멋을 부리고 있는 그에게 라틴 여인들이 관심을 보이는 건 당연했다. 그러니까 '우리'가 아니라 순전히 '그 청년' 때문에 생긴 일이었다. 내가 잘생겼더라면 이 여행이 조금은 더 수월했을까? 그간 외모 덕이라곤 본 적 없는 한 많은 세월이 주마등처럼 스쳐 갔다. 다음 생애에는 잘생기고 훤칠한 북유럽 청년으로 태어나 세상을 날로 먹는 호사를 누릴 수 있기를……

그 다짐이 몇 번 계속될 무렵, 휴게소의 한편에 스웨덴 번호판을 단 차량이 보였다. 스웨덴 청년은 그 차량으로 냅다 뛰어가더니 운전자와 이런저런 대화를 했다. 그리곤 바로 내게 손짓하여 히치하이킹이 성공하였음을 알렸다. 유럽대륙에서도 역시 같은 나라 출신 갖는 힘은 상당했다.

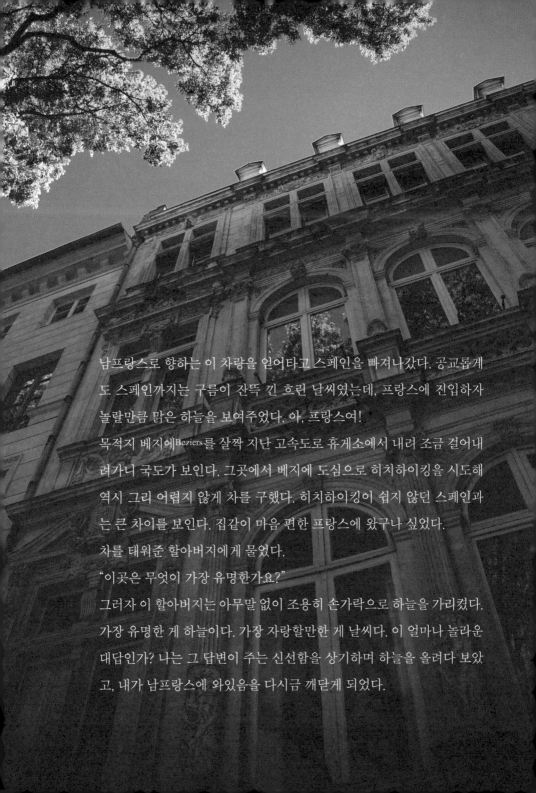

남프랑스로 향하는 이 차량을 얻어타고 스페인을 빠져나갔다. 공교롭게
도 스페인까지는 구름이 잔뜩 낀 흐린 날씨였는데, 프랑스에 진입하자
놀랄만큼 맑은 하늘을 보여주었다. 아, 프랑스여!

목적지 베지에Beziers를 살짝 지난 고속도로 휴게소에서 내려 조금 걸어내
려가니 국도가 보인다. 그곳에서 베지에 도심으로 히치하이킹을 시도해
역시 그리 어렵지 않게 차를 구했다. 히치하이킹이 쉽지 않던 스페인과
는 큰 차이를 보인다. 집같이 마음 편한 프랑스에 왔구나 싶었다.

차를 태워준 할아버지에게 물었다.

"이곳은 무엇이 가장 유명한가요?"

그러자 이 할아버지는 아무말 없이 조용히 손가락으로 하늘을 가리켰다.
가장 유명한 게 하늘이다. 가장 자랑할만한 게 날씨다. 이 얼마나 놀라운
대답인가? 나는 그 답변이 주는 신선함을 상기하며 하늘을 올려다 보았
고, 내가 남프랑스에 와있음을 다시금 깨닫게 되었다.

CHAPTER 04

AGAIN FRANCE
다시 프랑스

늘 맑고 푸른 하늘이 주는 위안

-

Nimes

Annecy

| **Nimes** 님

아무것도
하지 않는 건
죄가 아니야

| 프랑스에 도착한 뒤 베지에를 거쳐 님으로 향했다. 예전에 호주 멜버른Melbourne의 한 레스토랑에서 일할 때 만난 프랑스 친구가 이곳 출신이었기 때문이다. 일정이 서로 맞지 않아 친구를 다시 만나는 즐거움은 누리지 못했지만, 대신 새로운 친구를 여럿 만나는 행운은 누릴 수 있었다.

님에서의 호스트는 장이었다. 장의 집은 프랑스, 독일, 미국, 그리고 한국 등 구대륙과 신대륙, 동양과 서양을 망라하는 카우치서퍼들로 시끌벅적했다. 카우치서퍼들은 부엌에 모여 각자의 여행 이야기와 서로 다른 요리 철학을 뽐내며 와자지껄하게 점심을 준비했다. 집주인 장이 나섰다. 그는 우리에게 남은 요리는 자신이 하겠다며, 여행자들은 여행자답게 나가서 놀다 오라는 주문을 했다. 우리는 말 잘 듣는 집오리들처럼 줄줄이 밖으로 나와 남프랑스의 따스한 햇볕을 쬈다.

086

아를Arles의 고흐, 엑상프로방스Aix-en-Provence의 세잔 등 수많은 화가들이 남프랑스의 빛과 색에 매혹되어 이곳에 머물며 그 따스함을 오래도록 즐겼다고 한다. 나 역시 님에서 머무는 동안 빛이 사물을 얼마나 사랑스럽게 만드는지를 실감했다. 그리고 같은 대상이라도 빛에 의해 각기 다른 색채를 지닐 수 있다는 걸 배웠다. 잔잔한 강물에 비친 나뭇잎과 흔들리는 강물에 비친 나뭇잎의 차이. 조용한 아침의 잎새와 태양이 창백한 정오의 잎새가 내뿜는 서로 다른 반짝임. 검은색이 아닌 초록색의 그림자. 익숙한 것이 낯설었고, 이미 알고 있는 색이 다르게 보였다. 변화하는 빛과 사람이 만들어내는 아름다움이었다. 마치 새로운 눈을 가지게 된 것 같았다. 고흐는 남프랑스에 머무는 것을 행운이라고 말했는데, 나도 그들의 눈을 통해 그 행운이 어떤 것인지 조금이나마 알아갈 수 있었다.

장과 약속했던 점심시간이 되어 서둘러 집으로 향했다. 장은 이미 모든 요리를 마치고 우리를 기다리고 있었다. 따스한 햇볕이 내리쬐는 야외 테라스에 준비한 요리를 차려두고 다시 시끌벅적 떠들며 식사를 했다. 새파란 하늘과 연분홍빛 파라솔의 대비가 얼마나 아름답던지, 점심을 먹는 내내 눈을 뗄 수 없었다. 이런 날은 어떤 것을 먹어도 훌륭한데, 음식마저 아주 맛있으니 더할 나위 없이 만족스러웠다. 장은 연신 우리에게 음식을 권하며 님의 자랑을 늘어놓았다.
"한곳에 오래 머문다면 남프랑스만큼 멋진 곳도 드물 거야. 이곳은 1년에 300일 이상 날씨가 맑아. 밤을 귀찮게 하는 모기도 없지."
나는 내 삶의 공간에 대해 저만큼 애정을 과시할 수 있을까. 다시 한번

장이 부러워졌다.

점심 식사를 마친 후 장의 차를 얻어 타고 해변으로 향했다.

"내가 지금 데려가는 곳은 사람들이 잘 모르는 내 비밀 장소야."

장의 말에 창밖을 내다보니 주차 공간에 차들이 꽉 들어차 있다.

"그 비밀이 꽤 많이 알려진 모양인데요?"

장난스러운 내 대답에, 셰리 역시 사람이 정말 많다며 엄지손가락을 치켜든다.

"뭐야, 그냥 집으로 돌아간다."

입을 삐죽 내미는 장을 향해 우리는 연신 정말 비밀스럽다느니, 엄청 멋지다면서 비위를 맞췄다. 이내 장도 미소를 지었다.

해변에 자리를 깔아두고 너 나 할 것 없이 바다로 뛰어들었다. 지중해의 푸른 바다는 너무 차갑거나 미지근하지 않고, 적당히 시원했다. 서로 물을 뿌려대며 장난을 치다 일광욕을 하기 위해 자리로 돌아왔다.

오랜 히치하이커 생활로 내 몸뚱이는 티셔츠 모양 그대로 타버렸다. 목과 팔 부분은 새카맣고, 티셔츠 안에 있던 몸뚱이는 새하얗다. 나는 경계를 없애기 위해 기를 쓰고 햇볕을 쬐었지만 별반 소용이 없었다. 이 환상적인 투톤 그러데이션은 하루아침에 만들어진 게 아니니까.

변화가 없는 몸뚱이에 실망한 나는 벌떡 일어나 주변을 어슬렁거렸다. 다른 이들은 모두 일광욕 중이거나 노천수영에 흠뻑 빠져 있었다. 시간이 꽤 흘렀는데도 누구 하나 돌아가려 하지 않았다. 뭐라도 해야겠다고 느끼며 나는 괜스레 팔굽혀펴기를 시작했다. 그러자 물끄러미 나를 바라보고 있던 장이 말했다.

"이봐, 아무것도 하지 않는 건 죄가 아니야."

"그래도 너무 심심한데요?"

"인생에는 아무것도 하지 않는 시간도 필요해. 아시아를 여행할 때 너같이 잠시도 가만있지 못하는 사람들을 많이 봤지. 늘 뭔가를 하려고 하고, 생각이 너무 많고, 가만있으라면 불안해하고 말이야. 오늘은 그냥 누워서 이 시간을 즐겨봐. 세상에서 가장 아름다운 햇볕 아래 있으면서, 심심하다는 게 다 뭐야."

프랑스인들은 대개 1년에 6~8주 정도의 휴가를 즐긴다. 그럼에도 프랑스 노동자들의 생산성은 세계 최고 수준이다. 우리의 휴가가 기껏해야 1~2주라는 것을 말해주면, 이들은 "어떻게 그렇게 살아?"라고 놀라며 반문한다.

쉴 줄 아는 사람이 열심히 살 줄도 안다. 그것은 단순한 무위가 아니라 자신을 돌아보는 시간이다. 그래서 나도 오늘은 장의 말을 따라 아무것도 하지 않는 것을 허하기로 했다.

Annecy 안시

삶의 여유는
어디에서
오는 걸까

| 그것은 단순한 이동이 아니었다. 난동이었다. 안시로 가는 길에 만난 베베와 파티마는 유쾌함의 질정을 보여주는 사람들이었다. 그들의 차에는 거의 축제를 방불케 하는 흥겨움이 가득했다. 베베는 운전석에서 손뼉을 치며 리듬을 탔고, 조수석에 앉은 파티마는 들고 있던 컵을 마이크 삼아 낼 수 있는 가장 큰 소리로 노래를 불렀다. 가끔씩 그 마이크는 뒷좌석에 타고 있던 내게 넘어왔고, 나도 역시 그들의 축제를 함께하기 위해 목청껏 소리를 질렀다. 차 안에서 벌어지는 광란의 축제에서 소외당하는 이는 없었다. 그들은 안시 근처의 호수 마을 엑스레뱅Aix-les-Bains으로 휴가를 즐기러 가는 길이었다. 그러나 휴가는 그들이 리옹Lyon의 집을 떠나는 순간부터 이미 시작되어 있었다. 베베는 알제리 출신, 파티마는 이집트 출신의 이민자였다. 그들은 자국보다 훨씬 개방적인 프랑스에서의 삶을 한껏 즐기고 있었다.

흥겨운 동행을 마치고 안시에 도착하니 산에 둘러싸인 푸른 호수가 눈에 들어왔다. 안시에서의 첫날은 카우치서핑이 아닌 프랑스 여행 중 알게 된 친구의 친구 집에서 머물기로 했다. 서양에는 '여섯 다리만 거치면 세계인이 모두 아는 사이'라는 말이 있다. 왠지 안시에서는 이 말이 통한 것 같았다. 그렇게 인연이 닿은 앤서니와 시드니는 처음 보는 나를 마치 오랜 친구처럼 편안하게 대해주었다. 이곳은 이제 '네 집'이니 머물고 싶은 만큼 머물다 가라는 따뜻한 말과 함께…….

집에 도착해 짐을 내려놓자마자, 앤서니는 호수로 가자며 나를 재촉했다. 깎아지른 듯 가파른 산과 광활한 호수 사이로 난 좁은 길, 너른 잔디밭은 서로 대비되어 독특한 청량감을 안겨주었다. 한껏 들뜬 나는 "너희 정말 어마어마하게 멋진 곳에서 살고 있구나!"라며 감탄했고, 시드니는 "맞아, 하루하루가 매일 휴가 같아!"라며 맞장구를 쳤다. 호숫가에 짐을 내려놓자마자 앤서니가 옷을 벗곤 외쳤다.

"물에 뛰어들 차례야!"

배를 하늘로 향한 채 드러누워 물 위를 둥둥 떠다니고 있노라니 천국이 따로 없구나 싶었다. 삶의 생동감과 여유를 동시에 만끽할 수 있는 곳, 정말이지 그림 같은 곳이었다. 마치 조르주 쇠라의 〈그랑드 자트 섬의 일요일 오후〉의 풍경을 그대로 옮겨놓은 듯했다.

수영을 마치고 친구들과 함께 벤치에 앉아 호수를 바라보고 있자니 문득 내가 이곳에 있다는 사실이 믿기지 않았다. 용케도 이런저런 사람들을 만나 원하는 곳으로 왔구나……. 그간의 삶에서 이렇게나 많은 사람들로 빛나던 순간이 있었던가.

다음 날, 새로 사귄 친구들과 좀 더 시간을 보내고 싶었지만 선약이 있어 아쉬운 마음을 누르며 헤어졌다. 발걸음을 옮긴 곳은 호스트 노엘라의 집. 그런데 막상 그녀가 알려준 주소에 도착해보니 그곳에는 노엘라가 살고 있지 않았다. 그녀의 전화번호도 잘못된 번호 같았다. 어찌 된 일일까. 다른 호스트 보치에게 연락을 해서 그와 먼저 만났다. 내 상황 설명을 들은 보치는 노엘라의 전화번호를 자세히 보더니 그 번호가 국제전화용이라고 알려주었다. 번호 앞자리 몇 개를 빼고 숫자 0을 더하니 연락이 된다. 그렇다면 주소는 어떻게 된 것일까? 사건의 진상(?)을 파악하기 위해 보치가 함께 노엘라의 집까지 동행해주기로 했다.

가는 길에 보치가 안시에서 가장 좋아한다는 장소에 들렀다. 그의 집에서 멀지 않은 조용한 공원이었다. 우리는 대화를 나누며 천천히 공원을 거닐었다. 원래 그르노블Grenoble 출신인 보치는 전 여자 친구 때문에 안시에 오게 되었다가 평화롭고 여유로운 이곳이 좋아서 아예 정착했다고 한다. 안시는 사람을 한없이 여유롭게 만드는 곳이었다. 걷기를 좋아하는 나도 안시에서는 이따금 걸음을 멈추고 잔디밭에 누워 빈둥거리곤 했다. 보치도 그 마수에 걸려 헤어 나오지 못한 게다.

노엘라가 알려준 주소에 도착해보니 아침에 내가 왔던 곳이 맞다. 보치가 고개를 갸웃거리며 주변을 둘러보더니 이내 옆집을 가리킨다. 어라? 옆집도 주소가 같다. 그 집이 바로 노엘라의 집이었다. 아파트도 아니고 단독주택인데 집주소가 같다. 옆집 사람들은 왜 이 비밀을 알려주지 않았는지 궁금했지만 어쨌든 마음을 가라앉히고 조금 기다리니 노엘라가 돌아왔다. 노엘라는 여러 명의 룸메이트와 함께 살고 있다고 했는데, 역

시나 집으로 들어가자마자 시끌벅적한 소리가 들려온다. 답답하던 기분이 확 풀린다.

노엘라의 집에는 독일 출신의 카우치서퍼, 린제이와 크리스틴이 먼저 와 머물고 있었다. 이날을 마지막으로 프랑스에서 스위스로, 그리고 다시 독일로 넘어갈 예정이었던 나는 그들에게 생존 독일어를 가르쳐달라고 했다. 그들은 기본적인 인사와 자기소개, 그리고 히치하이킹에 필요한 표현들을 자그마한 종이에 적어주었다. 그런데 내 딴에는 제법 잘 따라한다고 생각했는데, 린제이와 크리스틴이 기겁을 하는 게 아닌가.

"아니, 그 발음은 그렇게 하는 게 아니라……."

가장 큰 문제는 지명이었다. 내가 독일에서 제일 먼저 슈투트가르트Stut-tgart에 갈 거라고 말했는데, 그들은 한참 동안 이 단어를 알아듣지 못했다. 벤츠 본사를 비롯해서 강수진으로 유명한 슈투트가르트 발레단까지, 내가 그 도시에 대해 알고 있는 온갖 정보들을 나열한 뒤에야 겨우 알아들은 눈치였다. 한참을 깔깔대며 웃은 두 사람이 번갈아가며 본토의 정확한 발음을 들려주었지만, 내 귀에는 내가 한 발음과 별반 다를 게 없었다. 그들이 사실은 돌고래여서 내가 들을 수 없는 주파수를 내뱉고 있거나, 내 달팽이관에 심각한 문제가 있거나 둘 중 하나였다. 몇 번 더 반복하던 린제이는 이내 발음 교정을 포기하고 내게 휴대전화를 들이댔다.

"잠깐만. 동영상 좀 찍을게! 내 친구들한테 보여줄 거야. 네 발음 너무 웃겨."

"야!"

이미 내 독일어 수업은 한 편의 코미디가 되었고, 나는 발음으로 보여줄 수 있는 최상의 코미디를 그들에게 선보였다. 물론 나는 한없이 진지하다는 게 웃기고도 슬펐다. 아! 빌어먹을 달팽이관. 독일에 도달할 때쯤엔 좀 나아지려나……

CHAPTER 05

SWITZERLAND

스위스

인투 더 와일드!

-

Alps

Thun

Luzern

트레킹,
자연이 선사하는
완벽한 힐링

| 산은 거짓말을 하지 않는다. 산은 있는 그대로의 내 모습을 과장도, 비약도 없이 보여준다. 거대한 자연 속에서 내 모습을 발견할 때면 우리가 얼마나 작은 존재인지 깨닫게 된다. 대단한 것처럼 느껴지는 우리네 삶도 자연 앞에서는 아무것도 아니다. 나를 둘러싼 공기가, 저 자연이 있어서 매 순간 숨 쉴 수 있는 것이다. 나야말로 자연의 일부요, 부분이다. 산에 오를 때마다 우리를 둘러싼 세계가 얼마나 압도적인 모습을 지니고 있는가를 몸소 느낀다. 숭고함 그 자체다.

산에서는 이름이 필요 없다. 이 봉우리가 마터호른Matterhorn이고, 이 봉우리가 바이스호른weisshorn이라는 건 전혀 중요하지 않다. 그저 내가 그 속에 있다는 것만이 중요하다. 걷다 보면 어느새 자연의 한 부분이 된 나를 자연스럽게 깨닫게 된다. 참으로 경이로운 순간이다. 인간이 만들어낸 문명은 사전 정보를 가지고 있어야만 제대로 느낄 수 있다. 유럽을 이해

하려면 그 기저에 깔린 그리스-로마 문명과 기독교를 알아야 하듯 말이다. 그러나 산은 그런 것을 요구하지도, 묻지도 않는다. 그런 연유로 내가 이번 여행에서 알프스에 오르는 이 순간을 손꼽아 기다려온 것인지 모른다. 멀게만 느껴졌던 알프스에 당도하자마자 눈 덮인 산과 그 아래로 자리잡은 아기자기한 마을이 나를 반겨주었다.

먼저, 트레킹 코스가 자세히 나와 있는 지도를 구해 이틀간의 코스를 짰다. 일단의 계획은 그린델발트Grindelwald(1,034미터)에서 12킬로미터 떨어진 그로세 샤이데크Grosse Scheidegg(1,961미터)를 거쳐, 슈바르츠호른 Schwarzhorn(2,928미터)에 오른 뒤 '하늘 아래 첫 동네'라는 의미의 피르스트 First에 가는 것이었다. 그리고 다음 날엔 '알프스의 정원'이라 불리는 쉬

니게 플라테Schynige Platte에서 야생화를 구경하고 인터라켄Interlaken으로 돌아와 트레킹을 마치기로 했다. 대개 이 지역은 케이블카나 기차를 이용하여 목적지를 찍고 오는 경우가 많은데, 나는 천천히 걷기로 했다. 걷지 않으면 놓치는 것이 많다는 걸, 그리고 그렇게 앞으로 나아갔을 때만 느낄 수 있는 것이 있다는 걸 알고 있기 때문이다.

길가에 핀 야생화와 한가롭게 풀을 뜯고 있는 젖소들에게 눈길을 주다 보니 어느새 그로세 샤이데크에 도착했다. 구름이 슬슬 끼기 시작한다. 슈바르츠호른에 올라 맞은편의 아이거Eiger를 조망하려 했는데, 짙은 구름 탓에 올라가봐야 아무것도 볼 수 없을 것 같다. 그래서 재빨리 계획을 수정했다. 보르트Bort 방향으로 내려가서 그 주변에 머문 뒤, 다음 날 라우터

브루넨Lauterbrunnen까지 가기로 말이다.

슬슬 날이 저물어가기에 이쯤에서 비바크Biwak를 하고 싶었다. 산을 오를 때 맞은편에 빙벽이 얼핏 보였는데, 막상 맞은편에 도달했을 땐 구름이 잔뜩 껴 그 위용을 누리지 못했다. 아쉬움이 남아 빙벽이 보이는 위치에 잘 곳을 구하기로 했다.

잠자리를 찾아 돌아다니다 수많은 동물들을 만났다. 여우나 토끼는 조금만 다가가도 재빠르게 도망치지만, 검은 고양이 한 마리는 내게서 눈을 떼지 않는다. 이날 비바크를 한 곳은 버려진 외양간의 처마 밑이었다. 외양간이긴 하지만 다행히 주변이 깨끗해서 소똥 걱정 없이 하룻밤을 보낼 수 있었다. 주변에서 버려진 문짝을 찾아 바닥에 깔고, 여행 내내 요긴하게 사용하고 있는 비치타월을 이불로 삼았다. 간밤에 빗소리가 들려 잠시 깼는데, 짧은 소나기가 한 차례 지나갔던 것 같다.

아침 6시가 조금 넘어 저절로 눈이 떠졌다. 그리고 곧 눈앞에 장엄하고 아름다운 풍경이 펼쳐진다. 베터호른Wetterhorn과 마텐베르크Matenberg 사이로 슈레크호른Schreckhorn이 빼꼼 고개를 내밀고 있다. 전날엔 구름이 껴서 제대로 보이지 않았는데 아침엔 모든 것이 훤하게 보인다. 꽤 오랫동안 멍하니 감상을 하다가 흔적이 남지 않도록 깨끗이 뒷정리를 하고 걸음을 옮겼다.

다시 그린델발트를 거쳐 알피글렌Alpiglen으로 가는 길엔 단 한명의 사람도 만나지 못했다. 이 코스는 이 일대에서 가장 높은 핀스터아어호른Finsteraarhorn(4,275미터)과 멋진 빙하를 조망할 수 있는 곳이다. 개인적으로는 가장 아름답다고 여겼던 곳이지만, 그에 비해서 이상하리만치 사람이 적은 코스였다. 아마도 다들 명성이 자자한 융프라우^{Jungfrau}로만 향하는 듯했다.

아무도 없는 길을 나 혼자 걷는 기분도 더없이 풍요롭다. 온 산이 내 것인 것 같다. 눈앞에 펼쳐진 풍경이 온전히 나를 위한 것인 듯하다. 그래서 더 나은 그림을 보고자 한다면 걸어 다녀야 한다고 생각한다. 그것도 대부분이 가지 않는 길로 말이다. 정해진 길로만 다니면 내가 볼 수 있는 것은 한정된 것들뿐이지 않겠는가. 인생도 이와 별반 다르지 않을 것이다. '정답'이라고 여기는 길로만 다닌다면 누구나 비슷한 삶을 살 수밖에 없다. 물론 그 일반적인 삶을 지향하는 사람들에게는 그것이 '정답'이겠지만 말이다.

아이거 북벽을 따라 걷는 아이거 트레일에 도달하니 비로소 사람들을 만날 수 있었다. 지나치는 사람들에게 기분 좋게 인사를 건네며 걷다가 수많은 돌탑이 놓인 장소를 발견했다. 승부욕이 발동한 나는 아이거 트레일에서 가장 높고 아름다운 돌탑을 쌓았다. 두 번째로 높은 것보다 세 배쯤 크게 만들었다. 돌탑을 쌓는 데 매진한 사이, 어느덧 뒤에서 안개가 슬금슬금 다가왔다. 이내 사방이 안개로 뒤덮여 시야가 5미터도 채 나오지 않았다. 게다가 폭우까지 쏟아지기 시작했다. 이번 트레킹 코스에서 가장 높은 봉우리인 아이거 글레처^{Eiger Glacier}(2,320미터)에 가까워졌는데, 도무지 아무것도 보이질 않았다.

폭우가 지나가고 나자 이번에는 거센 바람이 불었다. 여간 추운 게 아니

었다. 조금 더 걷다 보니 아이거 글레처 역이 나왔다. 역사 안으로 들어가 몸을 녹이는 사이 시야가 조금씩 확보됐다. 구름이 이리저리 장난을 치며 지나가는 찰나의 순간, 융프라우가 모습을 드러냈다. 이렇게 온전한 융프라우의 모습을 보게 되다니……. 고맙습니다, 라는 말이 절로 나왔다.

라우터브루넨 역에 도착한 시각은 저녁 7시 40분. 참 오래도 걸었구나 싶었다. 젖은 신발과 양말을 벗고 퉁퉁 불어버린 발을 보고 있는데도 마음만은 그 어느 때보다 개운하다. 기차를 타고 툰Thun의 호스트 크리가의 집에 당도하니 아주 발랄하게 나를 맞이해주었다. 그리고 당연하다는 듯 무사귀환 파티가 시작되었다. 히치하이킹을 하며 늘 느끼는 것이지만, 인연을 맺은 이들의 따뜻한 배려는 그 어느 것보다 효과가 좋은 피로회복제다.

HITCHHIKING EPISODE V

나의 발자국이
누군가의 길이 되기를……

스위스 툰 ──────→ 스위스 루체른

툰에서 루체른Luzern으로 가는 길은 크게 세 가지이다. 남쪽 인터라켄 주변의 아름다운 호수를 곁에 끼고 가는 길. 한가운데 푸른 산을 타고 가는 길. 그리고 교통량이 가장 많은 취리히Zürich 방향 고속도로를 타고 가는 길. 내게 차가 있다면 주저 없이 가장 아름다운 첫 번째 길로 가겠지만, 목적지에 도달하는 것이 가장 중요한 히치하이커는 아름다움보다 확률에 더 민감했다. 거리도 멀었고, 예전에 지나왔던 베른Bern으로 다시 거슬러 올라가야 해서 심심할 것도 같았지만, 도착에 의의를 두고 취리히 방향 고속도로를 선택했다. 그리고 감사하게도 그 선택이 특별한 하루를 만들었다.

사인카드도 만들지 않은 채 잠시 길가에 걸터앉아 있었는데, 내 앞에 차한 대가 멈춰 섰다. 창문이 열리고 아주 간단한 말이 나왔다.

"타세요."

저 사람은 내가 어딜 가는 줄 알고 다짜고짜 타라는 말을 하는지 잠시 의문이 들었지만, 히치하이커에게 이것보다 더 달콤한 말이 어디 있겠는가. 나는 큰 소리로 고맙다고 외치고는 바로 차에 탔다.

나를 태워준 베티나는 베른에 살고 있는 은퇴한 피아노 교사였고, 이날은 조카의 생일잔치를 위해 취리히의 고향 집으로 가는 중이었다. 첫마디에서도 알 수 있듯, 매우 활기차고 재미있는 사람이었다. 그녀는 함께 조카의 생일잔치에 가지 않겠느냐고 물었고, 나는 별다른 고민 없이 그러겠다고 대답했다. 관광지보다 재미있는 게 사람 사는 풍경이니까.

이곳에서는 보기 드물게 베티나
의 가족은 아홉 명의 형제자매로
이루어진 대가족이었다. 가족을
소개받으면서 다소 낯설었던 것
은 이혼과 사별 '덕분에' 더 많은
가족을 갖게 되었다고 웃으며 이
야기하는 그들의 유쾌함이었다.
아마도 나라면 처음 보는 사람에
게 굳이 그런 개인적인 아픔을 드
러내려 하지 않았을 텐데, 이들은
참으로 시원스럽게 이별에 대해
이야기했다. 그 유쾌함에 마음이
무장 해제되어 함께 수영을 하고,
저녁을 먹고, 수많은 이야기를 쏟
아냈다.

시간이 흘러 어느덧 헤어짐을 재촉
하는 저녁이 되었다. 그런데 베티
마가 나를 놓아주질 않는다. 아직
듣고 싶은 이야기가 많다며…….
헤어지는 길목에서 베티나는 나
를 꼭 안아주며 말했다.

"요즘 무료한 일상을 보내고 있었

는데, 덕분에 아주 특별한 하루가 됐어. 마치 내가 다시 20대가 된 기분이야. 고마워. 나도 너처럼 여행을 해보고 싶어. 비록 나이는 많지만, 널 보니 문제없을 것 같아. 할머니 히치하이커라면 정말 멋있지 않겠어?"

이렇게 멋진 하루를 만들어준 것에 감사해야 할 사람은 오히려 나였는데, 그녀는 내가 미안할 정도로 고맙다는 말을 계속했다.

이 여행이 길어지며 나를 짓누르던 것은 늘 빚을 지고 있다는 사실이었다. 히치하이킹으로 누군가의 차를 타고 이동하고, 카우치서핑으로 누군가의 집에서 머무는 여행은 하루하루가 빚이다. 그 빚을 어떻게 갚아야 할지는 내가 여행을 하는 내내 고민한 화두였다. 선물을 선사하기엔 주머니가 턱없이 비어 있었고, 무언가를 해주기엔 별다른 재능이 없었다. 내가 할 수 있는 최선의 일은 그저 그들의 이야기를 열심히 듣고, 맞장구를 쳐주고, 가끔 내 이야기를 해주는 것뿐이었다.

그게 전부였지만, 그마저도 때로는 어려웠다. 가끔 낯선 억양의 운전자를 만나면 대화는 산으로, 강으로 흘러갔다. 쓸데없이 언저리만 맴도는 대화가 이어지면서 차 안의 공기는 한층 더 건조해져갔다. 타인의 이야기에 진솔하게 공감하려는 노력은 고단한 일정에 묻혀 조금씩 무관심으로 뒤틀렸고, 나는 마치 자동 응답기를 연상케 하는 어조로 맞장구치기 일쑤였다. 여행을 하면 할수록 내가 부족한 사람이라는 것을 발견하는 기분이었다. 나는 많은 것들을 받으면서도, 아무것도 주지 못하는 사람이었다.

하지만 베티나와의 만남은 달랐다. 이번에도 받기만 했다고 생각했는데, 사실은 나도 무언가를 전한 모양이었다. 베티나와의 만남은 그 무언가에 대한 가능성을 내게 보여주었다. 내가 내 길에 대한 확신을 가지고 앞으로 나아가는 것만으로도 누군가에게 영감을 줄 수 있다는 가능성 말이다.

여행에서 가장 뿌듯하고 가슴 벅찬 경험 중 하나가 바로 이것이었다. 나는 그 이후에도 종종 나를 보면서 또 다른 삶에 대한 꿈을 품게 되었다는 사람들을 만날 수 있었다. 내 여행이 다른 누군가에게 영감을 줄 수 있다는 것. 내 앞에 무엇이 있을지는 모르지만, 적어도 내 뒤에는 내가 온 길을 따라 걸으며 안도하는 이들이 있다는 것. 내가 이렇게 묵묵히 스스로의 길을 가는 것이 누군가에겐 위안이 되고 영감이 된다는 사실이 다시 내게 위안이 된다. 새하얀 눈밭에 발자국이 있으면 최소한 누군가는 이 길로 갔다는 사실에 안도하는 것처럼 말이다.

[스위스, 제네바] 국제도시답게 제네바에는 다양한 풍경과 특별한 이야기들이 가득했다. 호스트 굴리엘모는 나를 작은 베스파 뒷좌석에 태우고 밤을 만끽하게 해주었는데, 베스파가 작아 엉덩이에 쥐가 날 것만 같았던 것을 빼고는 덕분에 완벽한 시간을 부냈다.

[스위스, 베른] 해질녘을 보는 것은 그 하루를 더 생생하게 만든다. 온종일 함께한 빛과 공간, 사람들을 다시 천천히 마주할 수 있기 때문이다. 사그라지는 것의 의미를 알고, 그 속에서 놓치지 않았으면 하는 것을 발견하기 때문이다. 순간이 소중하다는 사실을 알아차리기 때문이다. 베른의 노을을 보고 있으니 일상에서 해가 지는 순간을 맞이했던 적이 언제였는지 기억이 가물가물하다는 생각이 들었다.

CHAPTER **06**

GERMANY

독일

신뢰 사회란 무엇인가

-

Stuttgart

Frankfurt

Köln

| **Stuttgart** 슈투트가르트

낯선 이에게
열쇠를 내어주는
따뜻한 사람들

| 슈투트가르트 광장은 한여름 밤의 여유를 즐기려는 사람들로 가득했고, 거리는 지극히 평화로워 보였다. '공원에서 그냥 자도 숙면에 문제없을 것 같은데…….' 슬며시 주변을 기웃거리기 시작할 무렵, 주독 미군 칩이라는 친구에게서 카우치서핑 연락이 왔다. 그것도 밤 10시에! 군 변호사이지만 몸은 마치 특전사를 방불케 하는 칩은 몇 년 전 주한 미군으로도 근무한 경험이 있다고 했다. 그는 첫 대면에서 나에게 한국말로 인사를 건네며 컵라면을 건네주었다. 여기서 이렇게 한국 음식을 먹게 될 줄이야! 설레는 마음으로 물이 끓길 기다리면서 잠시 그의 집을 둘러보았다.

거실에는 거대한 성조기가 걸려 있었고, 테이블에는 '미국은 어떻게 세계를 지배하게 되었는가?', '위대한 미국의 역사'와 같은 책들이 놓여 있었다. 미군 특유의 자신감이 느껴졌다. 함께 컵라면을 먹으며 칩이 물었다.

"너 여기에서 얼마나 머물 거야?"

"한 사흘 정도?"

"나는 내일 여자 친구랑 프라하Praha로 놀러 가. 너한테 열쇠를 줄 테니까 알아서 잘 쉬다 가도록."

"나 혼자 여기 있으라고?"

"응. 뭐 문제 있어?"

"아니, 그럴 리가. 너무 좋아서 그래."

칩과 만난 지 채 한 시간도 되지 않았다. 그는 내가 어떤 사람인지 모른다. 나와 몇 마디 나누어보지도 않았다. 그런데도 그는 나에게 떡하니 열쇠를 맡기고, 집을 내주겠다는 것이었다.

과연 나라면 이렇게 할 수 있을까? 낯선 사람을 내 집에 홀로 두고 속 편하게 집을 비울 수 있을까? 루체른의 호스트 토마스가 생각났다. 동유럽에서 온 카우치서퍼가 자신의 귀중품을 몽땅 도둑질해간 적이 있었음에도 그는 여전히 카우치서퍼를 받고 그들에게 기꺼이 열쇠를 내어주었다. 걱정되지 않느냐는 말에 "그럴 수도 있지."라며 아무 일도 아니라는 듯 대답하던 토마스. 이 사람들은 어떻게 이럴 수 있는 걸까?

초면인 사람을 믿는다는 게 그리 쉬운 일은 아닐 것이다. 보통 타인에 대한 신뢰는 그 사람이 보이는 일관성에 기반을 두기 때문이다. 그 사람이 어떤 상황에서 늘 똑같은 행동을 한다는 사실을 알아차리게 되면, 그제야 비로소 이 사람이 믿을 수 있는 사람이라고 판단하게 된다. 그렇지만 카우치서핑에서 그들이 나를 판단할 수 있는 기준은 나에 대해 다른 호스트가 남긴 몇 줄의 레퍼런스가 전부였다. 그나마 여행 초기에는 그 유일한 수단인 레퍼런스조차 없었는데도 불구하고 그들은 기꺼이 나를 맞아주었다.

히치하이킹에서도 마찬가지이다. 길 한편에 서서 손을 뻗고 있는 나는 그들이 볼 때 철저한 이방인이다. 차에 태워주기 전까지는 나에 대한 어떤 정보도 얻을 수 없다. 내가 강도로 돌변하여 차를 빼앗거나 생명을 위협할지도 모르는 것이다. 그런데도 그들은 기꺼이 차를 세워주었다. 아니, 내가 히치하이킹과 카우치서핑으로 여행을 하고 있다고 하면 오히려 나에게 위험하지 않느냐고 물어보며 걱정을 해주곤 했다. 혹시라도 차주나 집주인이 강도로 돌변하면 어쩌느냐면서 말이다. 그럴 때마다 나는 늘 이렇게 반문했다.

"나에게는 그저 배낭 하나뿐이고, 그들은 차와 집, 그리고 삶의 터전을 가지고 있는데 누가 더 경계해야 할 대상일까? 객관적으로 내가 위험하거나 이상한 놈일 확률이 더 높지 않겠어?"

그러면 그들은 고개를 끄떡인다. 정작 자신도 정체를 알 수 없는 나를 태웠다는 사실은 까맣게 잊은 채 말이다.

타국에서 이렇게 생각지 못한 따뜻한 순간들을 마주할 때마다 자연스럽게 내가 살고 있는 한국 사회를 돌아보게 되곤 했다. 나는, 그리고 내 곁에 있는 가까운 이들은 이웃에게 어느 정도의 신뢰를 보여주며 살아가고 있을까? 세상에는 좋은 사람이 훨씬 더 많다는 사실을 확인하게 된 것은 이 여행이 준 가장 큰 선물이다. 내가 생각했던 것보다 사람들은 더 따뜻했고, 믿을 만했다.

아우토반을 달리는 짜릿한 히치하이킹!

독일 프랑크푸르트 ——→ 독일 쾰른

독일 고속도로 진입로의 갓길은 대부분 협소하기 때문에 차량이 멈출 수 있는 '특정 포인트'를 잘 찾는 게 중요하다. 그런 점에서 수많은 갓길이 있고, 독일 전역으로 향하는 차량이 있는 공항은 최적의 히치하이킹 포인트다.

프랑크푸르트에서 쾰른Köln으로 향하던 날에는 프랑크푸르트 공항에서 히치하이킹을 시작했다. 도심에서 공항까지는 지하철로 고작 세 정거장. 프랑크푸르트가 유럽의 관문이 된 데는 유럽 대륙의 중심에 있다는 지리적 요인도 한몫했겠지만, 공항이 도심과 가깝다는 점도 중요한 요인으로 작용했을 것이다. 공항 주차장 입구에 들어서니 다른 히치하이커가 이미 자리를 잡고 있었다. 미국에서 온 친구였는데, 방향을 물어보니 나와 같아서 함께하기로 했다. 몇 분 걸리지 않아 빨간색 미니 쿠페 한 대가 우리 앞에 멈췄다.

이 빨간색 미니 쿠페는 내게 특별한 히치하이킹 경험을 선사해주었다. 운전자는 내 또래 남성으로, 일본인 여자 친구를 떠나보내고 쾰른에서 20킬로미터 남쪽에 있는 본Bonn으로 가는 길이라고 했다. 연인을 배웅하고 헛헛한 마음이 들었던지, 그는 내친김에 우리를 쾰른까지 직접 데려다 주겠다고 했다. 게다가 독일에서 가장 아름다운 코스로 손꼽히는 라인 강변을 따라 '드라이브'까지 시켜주겠단다. 차를 태워주는 것도 고마운데 드라이브까지, 그것도 미니 쿠페 컨버터블을 타고 말이다!

일단 고속도로를 달리기 시작했다. 평균 160킬로미터, 최대 200킬로미터까지 속력를 냈다. 1차선에서 이렇게 속 시원히 달리니 앞서가는 차량들이 선뜻 2차선으로 비켜준다. 독일인들의 수준 높은 질서의식은 아우토반에서도 볼 수 있었다. 1차선은 추월차로, 2차선은 주행차로, 3차선은 트럭차로라는 기본적인 질서를 철저히 지켰다. 속도 무제한의 아우토반을 유지할 수 있는 비결은 그들의 몸에 배인 이 같은 질서 의식 때문이다.

무지막지하게 액셀을 밟다보니 얼마안가 라인 강에 이르렀다. 마누엘은 강변에 차를 세우더니 손가락으로 로렐라이 바위를 가리켰다. 라인 강을 항해하는 뱃사람들이 아름다운 요정의 노랫소리에 정신을 잃고 암초에 부딪혀 난파한다는 전설이 있는 바위다.

마누엘은 이어 "이세 진짜 드라이브를 하사!"며 미니쿠페의 덮개를 연다. 두 명의 히치하이커는 신나게 환호성을 지르며 오늘의 행운을 자축했다.

달리는 차안에서 보는 라인 강의 풍경은 정말이지 아름답기 그지없다. 강가에 무수히 자리 잡은 멋진 고성들이 자아내는 풍경이 장관이다. 이 고성은 예전 영주들이 라인 강을 지나는 배들에 통행세를 걷기 위해 만든 것이라고 한다. 이렇게 치밀하게 돈을 징수하면 뱃사람들에게 과연 남는 것이 있었을까? 나 같으면 성질이 나서 배고 요정이고 다 때려치웠으리라. 어쩌면 로렐라이 바위에서 난파한 배의 선원들도 실은 성질이 나서 일부러 바위로 돌진해놓고는 요정에게 홀렸다고 거짓말을 한 것은 아니었을까? 어쨌든 고성들 덕분에 이 일대는 유네스코 세계문화유산으로 지정되었다. 수탈의 역사가 아름다운 유산으로 탈바꿈되었다고 생각하니 내가 누리고 있는 익숙한 편의가 조금 낯설게 느껴진다.

[독일, 쾰른] 쾰른 대성당이 자아내는 풍경은 압도적인 면이 있다. 건축물에서 숭고미를 느낀 적이 거의 없던 나조차
도 거무스름한 쾰른 대성당의 외벽을 보고 있자니 경외에 가까운 감정이 들었다. 쾰른은 사람, 건축물, 자연이 만들어
낼 수 있는 모든 아름다운 이미지가 어우러진 곳이었다.

CHAPTER 07

NETHERLANDS

네덜란드

자유와 관용, 개방성의 나라

-

Amsterdam

HITCHHIKING EPISODE VII

늦은 밤, 빗속의 댄싱

독일 쾰른 ⟶ 네덜란드 암스테르담

독일 쾰른에서 네덜란드 암스테르담Amsterdam으로 가는 방법은 크게 두 가지이다. 첫 번째는 가장 짧은 거리인 뒤셀도르프Düsseldorf 방향 A3고속도로를 타고 가는 것, 두 번째는 서쪽 아헨Aachen으로 가는 것. 첫 번째 옵션이 아무래도 교통량이 많으리라 판단하고 이를 선택했지만 결과적으로 완벽하게 잘못된 결정이었다.

쾰른에서 잡은 히치하이킹 포인트가 문제였다. 그곳에는 교외로 나가는 게 아니라 지역을 맴도는 차량이 대부분이었고(주변에 대규모 쇼핑몰이 있는 것을 봤을 때 알아챘어야 하는데!), 고속도로 진입로에는 갓길이 없고 차가 매우 빨라 히치하이킹하기에 부적절했다. 아니다 싶으면 바로 결단을 내려서 자리를 옮겼어야 하는데, 이날은 어쩔 줄 모른 채 주변을 방황하며 시간을 허비했다.

사실, 어떻게든 되겠지 싶었다. 히치하이킹은 논리라기보단 직관이다. 어제의 통계가 오늘의 결과를 만들어주지 않는다. 변하는 상황에 따라 유연하게 대응해야 하는 법인데도, 이날은 그저 '그동안은 이렇게 하면 잘 됐는데 이 동네 사람들은 왜 이러지?' 하며 불평만을 늘어놓았다. 그래봐야 아쉬운 것은 나지, 나를 지나치는 운전자들이 아닌데 말이다.

결국 오후 4시 무렵, 이곳을 포기하고 두 번째 선택지로 자리를 옮겼다. 당장 차를 타고 암스테르담으로 직행해도 한밤중에 도착할 시각이다. 마음이 조급해져 네덜란드 번호판을 단 차량이 보이면 일단 적극적으로 구애를 했더니 남쪽 루르몬트Roermond로 가는 차를 겨우 얻어 탈 수 있었다. 아, 처음부터 여기 와서 히치하이킹을 할걸……. 차는 얼마 안 가 루르몬트에 나를 내려주었다. 그러나 시간은 이미 너무 늦었고, 게다가 비까지 내려 시야도 좋지 않다. 암담하지만 어쩔 수 없다. 최후의 보루, 이제 도로에서 춤을 출 시간이다.

'Rain go rain it's raining it's raining.'

비를 맞으면서도 혼신을 다해 춘 춤은 나를 배신하지 않았다. 암스테르담은 아니지만 같은 방향인 에인트호번Eindhoven으로 가는 차를 용케 구할 수 있었다.

차주는 나에게 고속도로 중간 휴게소에서 내릴지, 아니면 에인트호번 도심까지 갈지를 선택하라고 했다. 어차피 늦었는데 뭘……. 결국 박지성이 뛰었던 축구팀 PSV 에인트호번의 필립스 스타디움을 한 번쯤 보고 싶었다는 핑계로 스스로를 다독이며 그쪽으로 방향을 틀었다(사실 길거리에서 박지성 선수를 마주칠 수 있을지도 모른다는 기대도 조금은 섞여 있었다. 물론 그는 집에서 '위닝'을 하고 있었겠지만).

어두운 밤거리를 돌아다녔지만 (당연히) 박지성은 보이질 않았다. 일단

다음 날 암스테르담행 차를 히치하이킹할 장소를 물색하고 근처에서 노숙을 하기로 했다. 가는 길을 쭉 살펴보니 다행히도 공원이 보였다.

터벅터벅 무거운 발을 이끌고 공원에 도착할 무렵엔 비가 잠시 그치고 구름 사이로 간혹 별들이 보이기도 했다. 에라 모르겠다! 이왕 노숙하는 것, 오늘 밤은 낭만적으로 별을 보며 눕고 싶었다. 분명 자는 중에 비가 올 줄 뻔히 알면서도 젖어 있는 벤치를 닦아내고 침낭을 깔았다. 정신은 이미 춤을 출 때부터 놓아버린 듯했다.

계획했던 암스테르담에 도달하지 못했으니, 참으로 오랜만에 실패한 히치하이킹이 된 셈이다. 스페인 이후 처음이다. 그간 거의 실패가 없어 익숙한 대로만 행동하려 했던 나를 다시 돌아볼 수 있었던 하루였다. 어쩌면 스페인에서 히치하이킹이 어려웠던 것도 프랑스에서 했던 방식만을 고수했기 때문은 아닐까. 판이 바뀌었는데 적응하지 못하면 그저 도태될 뿐인 것을……

선상의 삶,
담담하고 용기 있는
아리의 인생

| 새벽녘엔 예상대로 비가 와서 펼쳐놓은 침낭을 싸들고 대피해야 했지만, 덕분에 아침 일찍부터 히치하이킹에 성공해 암스테르담에 도착했다. 일정이 미뤄지는 바람에 미리 약속을 해두었던 호스트와는 연락이 안 되어 결국 당일에 새로 호스트를 구해야 했다. 왠지 어제부터 일정이 자꾸 꼬인다 싶어 불만이 머리끝까지 차오르던 차에 마침 아리라는 호스트에게서 연락이 왔다. 그리고 그때는 몰랐지만, 아리와의 인연은 내가 평생 잊을 수 없는 정말 특별한 추억이 되었다.

암스테르담 중앙역에서 호스트 아리를 만났다. 그런데 집으로 가자던 그가 다시 암스테르담 중앙역으로 들어간다. 지름길이라도 있는 건가. 역의 반대편으로 나오니 한눈에 시원한 바다와 선착장이 들어온다. 운하가 많은 암스테르담에는 곳곳에서 무료 페리가 운행되고 있었는데, 페리를 타고 바다를 건넌 뒤 조금 걷다 보니 작은 요트들이 모여 있는 항구가 나

왔다. 항구 이름은 식스헤이븐.

"이게 내 집이야."

'클레즈 반 카이텐Claes van kyten'이라는 작은 보트 앞에서 그가 덤덤히 말
했다.

보트에서의 삶은 일반적인 집에서의 삶과 별반 다르지 않다. 가스가 들
어오는 부엌도 있고, 물이 잘 나오는 화장실도 있다. 물론 물을 쓸 때마다
발로 펌프를 밟아줘야 해서 몸을 앞뒤로 흔들며 리듬감 있게 세수를 해
야 했지만 말이다. 침대와 소파, 옷장 같은 가구들도 작은 공간 안에 질서
정연하게 배치되어 있고, 항구에 정박해 있을 땐 보트 위로 올라가 빨래
도 널고 와이파이를 잡아 인터넷도 할 수 있다.

아리의 집에 머무는 동안 나는 날이 좋으면 갑판에 누워 햇볕을 쬐고, 비
가 올 땐(허구한 날 온다) 널어둔 빨래를 재빨리 걷고는 선실 소파에서 빈
둥대며 시간을 보냈다. 지극히 일상적인 시간이었지만, 늘 특별했다. 이
모든 게 보트에서 일어나는 일이었기 때문이다. 커피 한잔을 마셔도, 보
트에서 내린 향기로운 커피였으니까. 수프를 먹어도, 보트에서 조리한
따뜻한 수프였으니까.

보트의 한구석에는 행복한 모습의 아내와 딸이 함께한 그의 가족사진이
있었다. 하지만 나는 카우치서핑 프로필을 통해 그가 동성애자라는 사
실을 이미 알고 있었다. 이 가족의 히스토리가 몹시도 궁금했지만 혹시
라도 예의에 어긋나는 일이 될까 봐 선뜻 물어보지 못하고 망설이고만

149

있었는데, 어느 날 아리가 먼저 가족 이야기를 꺼냈다. 그것도 아주 덤덤하게….

그는 결혼 생활 중 자신이 동성애자라는 사실을 알아차렸다고 한다. 그래서 딸이 성인이 된 이후, 이 사실을 모두에게 이야기하고 아내와 이혼했다. 고맙게도 아내와 딸은 그 사실을 인정하고 받아들여주었고 현재는 서로 떨어져 살지만 가끔 만나 식사를 하며 함께 시간을 보내기도 한다고 했다. 그는 자신의 손자 사진도 보여주었다. 하지만 그 이야기를 풀어놓는 아리의 모습이 지극히 건조해서 한편으로는 내가 가졌던 호기심이 조금 어처구니없게 느껴지기도 했다. 나는 〈사랑과 전쟁〉에 나올 법한 가족의 '붕괴'를 상상하고 있었는데, 그의 이야기에 따르면 그저 상황이 달라진 것뿐이었다. 그는 세상이라는 바다를 담담하고 용기 있게 항해할 줄 아는 사람이었다.

순간 이날 거리에서 봤던 레인보우 깃발이 떠올랐다. 암스테르담에서 흔하게 볼 수 있는 레인보우 깃발은 동성애 문화를 넘어서, '모든 것에 대한 자유'를 표상한다. 나는 그제야 암스테르담이 보여주는 자유와 관용, 그리고 인식의 개방성을 조금이나마 이해할 수 있을 것 같았다.

이들에게 동성혼, 매춘, 마리화나, 안락사와 같은 '이슈'의 판단은 철저히 개개인의 몫이다. 합법과 불법이라는 울타리를 벗어나 개인을 본질적으로 책임 있는 이성을 가진 주체로 바라보고, 집단의 통제가 아닌 개인의 선택에 그 우선권을 부여하는 것이다. 선택을 한 사람은 그것에 대해 책임과 의무를 져야 하고, 타인은 그 선택을 존중해주어야 한다. 이 사회의

구성원 모두가 이러한 인식을 함께한다.

암스테르담 시민들은 자유와 관용에 대한 인식의 공유를 넘어서, 이를 즐길 줄 알았다. 거리에는 '핑크 포인트 Pink point'라고 하는 게이 앤드 레즈비언 인포메이션 센터가 있고, 그곳에서 판매하는 기념품들에는 재기 발랄한 문구가 넘쳐난다. 매년 8월이면 세계에서 가장 큰 규모의 동성애자 축제가 열려 수많은 인파가 암스테르담 운하를 뒤덮는다.

"네덜란드의 모든 국민은 평등한 환경에서 평등한 대우를 받아야 한다. 종교 신념, 정치적 의견, 인종, 성별 등의 어떠한 배경에 따른 차별은 금지되어야 한다."

네덜란드의 헌법 제1조이다. 이 나라가 어떠한 함의를 가지고 존재하는지를 한눈에 알 수 있는 대목이다. 그리고 내가 본 네덜란드는 이 문장을 충실히 구현하고 있는 곳이었다. 이 작은 나라가 대항해시대의 주역이 되어 세계사의 한 페이지를 장식하고, 나아가 오늘날 유럽의 주축 국가로 성장한 데에는 이러한 '자유와 관용', 그리고 '개방성'에 대한 사회적 합의가 원동력으로 작용한 것은 아니었을까?

[네덜란드, 잔세스칸스] 아리는 때가 되면 보트를 몰고 쉬었던 엔진을 다시 움직이게 하는데, 운 좋게도 내가 머무는 동안에 그 기회가 있었다. 어차피 움직이는 것, '풍차마을'로 유명한 암스테르담 근교 잔세스칸스까지 항해할 기회가 있었다. 선장이 밖에서 항해를 하고 계시는네 선원이 차마 인에 들어앉아 쉴 수는 없는 노릇 가끔씩 키를 잡기도 하고, 선장의 지시에 따라 밧줄을 묶었다 풀었다하며 그를 도왔다. 가는 동안 폭우가 쏟아졌는데 추위에 떨다 먹은 따뜻한 스프의 온기는 지금도 잊히지 않는다.

152

CHAPTER 08

UNITED KINGDOM

영국

다양성의 참뜻

-

London

London 런던

한 번의 눈길,
짧은 인사,
잠깐의 미소

| 사람을 만나는 것은 새로운 삶의 조각을 얻어내는 일과 같다. 같은 공간에서 소통하며 그들 삶의 궤적을 따라가보는 일은 늘 새로운 깨달음을 준다. 이런 면에서 런던의 호스트 알리는 나에게 정말 많은 깨달음을 준 사람이다. 그의 삶은 특별하고 따뜻했으며, 어떻게 하면 더 좋은 사람이 될 수 있는지를 알게 했다.

알리는 런던의 4존 크로이든Croydon에 살고 있었다. 런던 도심에서 버스를 타고 한 시간 반, 버스가 조금 늦게 도착하면 두 시간이 걸려야 도달할 수 있는 거리. 도심에서 어느 정도 떨어진 지역답게 동네는 포근했고, 가끔 도로를 가로지르는 야생 여우를 보는 신선함도 누릴 수 있었다.

처음으로 알리의 집 문을 두드린 날은 비가 내렸다. 허구한 날 비가 내리는 런던이기에 특별할 것도 없지만, 내가 이 비를 기억하는 이유가 있다. 바로 쫄딱 젖은 내 양말 때문이다. 집 안으로 들어서자마자 축축한 내 양

말을 본 알리는 거실 한편의 벽난로 앞으로 나를 인도했다. 그 따뜻한 온기에 양말을 말리며 우리의 조금은 신기한 이야기가 시작되었다.

알리는 인도 뭄바이에서 태어나 파키스탄으로 이주하였다가 다시 런던으로 온 이민자다. 원래는 일반 예술을 하다 사진으로 방향을 틀었는데, 그래서인지 예술적 감각이 특별했고 사람을 대하는 능력은 더더욱 특별했다.

쿰쿰한 냄새가 나던 양말이 거의 다 말라갈 때쯤, 우리는 마치 오랜 친구처럼 너무나도 편안하게 대화를 이어가고 있었다. 알리는 상대에게서 자신이 공감할 수 있는 부분을 재빠르게 찾아냈다. 그건 놀라운 재능이었다. 내가 서툰 영어로 더듬거리며 이야기해도 그는 내가 말하고자 하는 것을 정확하게 알아차렸고, 그 이야기를 소화해 더 깊은 대화로 이끌어주었다. 그와 대화를 나누다 보면, 내가 이렇게 이야기를 맛깔스럽게 할 수 있는 사람이었나, 내가 이렇게 영어를 잘했나, 거듭 놀랐다. 내 안에 담긴 이야기가 듣는 사람에 의해 크게 달라질 수 있음을 알게 되었달까. 조금 전엔 마치 원어민 같았는데……. 퍼뜩 그런 생각이 들어서 슬며시 웃음이 나기도 했다.

그의 집에서 머무는 동안 아침엔 늘 그와 함께 집 주변 공원을 산책했다. 이때에도 알리의 특별한 재능이 빛을 발했다. 상쾌함이 가득한 아침 공원엔 여유롭게 산책을 하는 사람들이 몇 있었다. 알리는 지나가는 사람들에게 빼놓지 않고 말을 걸었다. 엄마를 따라 아장아장 걸어가고 있는 아이에겐 "이거 방금 딴 사과야. 가지고 가서 동생이랑 나눠 먹으렴.", 자전거를 타고 지나가는 청년에겐 "가는 길에 큰 물웅덩이가 있어요. 조심하세요!", 호숫가에서 거위를 보고 있는 할아버지들에겐 "작년엔 어땠어요? 요새 한 놈이 안 보이는 것 같은데⋯⋯."라고 말을 건넸다. 개들을 데리고 산책하는 여인을 만났을 땐 먼저 다가가 살갑게 개를 쓰다듬어주곤 그들과 멀어졌을 땐 손을 코에 갖다 대고 킁킁거리며 "저 개 냄새 장난 아니다."라고 투덜대기도 했다.

"역시 알리는 동네에도 친구가 많구나!"

나는 언제 그렇게 친구를 많이 사귀었느냐고 웃으며 물었다. 그런데 전혀 뜻밖의 대답이 돌아왔다.

"다들 오늘 처음 보는 사람들이야."

옆에서 보고 있으면 알리는 마치 그 모두를 알고 있는 사람 같았다. 그에게는 모든 사람이 신기하고, 흥미로운 존재인 듯했다. 하루는 박물관 관람을 마치고 돌아온 나에게 "오늘은 어떤 특별한 사람을 만났어?" 하고 물어보기에 내가 "박물관에 갔으면 열심히 전시품 구경이나 해야지, 무슨 사람을 만나?"라고 반문하자, 그는 "온종일 돌아다녔는데 특별하게 기억되는 사람이 한 명도 없단 말이야? 그건 좀 허무한데⋯⋯."라며 나의 관점을 돌아보게 만들기도 했다.

그의 말처럼 오늘 나를 스쳐 지나간 사람들 중에 특별한 사람은 없었을까? 카페 점원의 표정이 어떠했는지, 버스 정류장에 앉아 있던 할아버지는 무엇을 읽고 있었는지, 아이들은 왜 웃고 있었는지 관심을 가져본 적이 있었나? 먼저 다가가 살갑게 말을 걸거나, 당신의 하루는 어땠느냐고 물어본 적이 있었던가? 알리와의 대화가 항상 편안했던 건 그가 보이는

[영국, 런던] 알리가 나에게 꼭 보여주고 싶어 했던 베케넘 공동묘지. 이곳에는 어린이들만을 위한 추모공간이 따로 마련되어 있다. 짧은 삶을 살아간 이들의 작은 묘지에는, 그들을 하늘로 보내야만 했던 부모의 애틋한 마음이 추모의 물건과 함께 남아있었다. 오랜 시간 비바람을 맞아 때가 탄 곰 인형과 거미줄로 뒤덮인 조각들. 하지만 이곳은 엄숙함과 스산함이 자리한 공동묘지가 아닌, 아이들이 즐겁게 뛰어놀 수 있는 공간이자 영원한 사랑이 담긴 장소였다. 공원에 곱게 핀 꽃을 보며 삶과 죽음이 결코 분리된 것이 아님을 생각한다.

상대방에 대한 관심 덕분이었다. 대화를 이끌어주는 건 현란한 말주변이 아니라 따뜻한 관심이다. 작은 배려를 놓치지 않는 것. 사소한 이야기에 귀 기울여주는 것. 상대방이 어떤 이야기를 하고 싶어 하고, 듣고 싶어 하는지 찾아내는 것.

알리를 떠나 런던의 또 다른 호스트에게로 향하던 날, 빨간 2층 버스의 한편에 앉아서 템스 강 위로 떠오른 커다란 보름달을 보았다. 그제야 나는 그날이 추석이라는 사실을 깨달았다. 명절을 함께하고 있을 가족들의 모습이 떠올랐다. 그간 나의 가족에게 얼마나 세심한 관심을 보여왔는지 스스로에게 묻게 되었다. 너무 익숙한 듯 살아서 오늘은 어떤 미소를 띠고 있었는지 알아차리지도 못하고 지나쳤던 것은 아닌지 말이다. 아버지는 오늘 저녁 어떤 반찬에 손이 많이 가셨는지, 그게 혹시 새로 시도해본 반찬이라 엄마는 작은 칭찬을 기대하고 있던 건 아닌지, 누나는 그걸 눈치채고 '맛있다'라는 말을 연발했는데 혹시 그 뜻이 내일 도시락 반찬으로 가져가고 싶으니 좀 남겨달라는 얘기는 아니었는지……
알리는 헤어진 이후에도 자주 내게 안부를 물었다. 그때마다 나는 지친 여행길 위에서 힘을 얻을 수 있었다. 우리를 특별하게 만드는 건 아주 작은 것들이다. 한 번의 눈길, 짧은 인사, 잠깐의 미소……. 결국 그것들이 모여 우리는 따뜻해진다. 특별한 사람이 되고 싶다면 사소한 것들과 친해지라고, 그걸로 충분하다고, 지금 이 순간에도 알리와 함께한 시간들이 내게 말하는 것만 같다.

영국에서
가장 맛있는
음식은?

| 런던은 다양성이라는 키워드로 설명할 수 있는 곳이다. 3주간 런던에 머물면서 만난 수많은 호스트들의 출신지 역시 실로 다양했다. 인도, 이탈리아, 파키스탄, 이스라엘, 프랑스, 인도네시아, 핀란드……. 대개 이민자이거나 유학을 온 학생, 혹은 일하러 온 직장인들이었다. 공교롭게도 영국 땅에서 태어난 영국인을 런던의 호스트로 만나지는 못했다. 다른 여행지에서 수없이 마주친 사람이 영국인이었는데, 영국 땅에서는 오히려 영국인을 만날 기회가 적었으니 이런 아이러니가 또 있을까.

호스트들의 출신지뿐 아니라 이들이 살고 있는 공간도 다양했다. 1존부터 5존까지, 동서남북 가릴 것이 없었다. 덕분에 런던을 구석구석 살펴볼 수 있는 기회를 얻었다. 내가 머물렀던 공간들은 런던이라는 하나의 도시였음에도 불구하고 마치 서로 다른 나라에 머물고 있는 듯한 인상을 줄 만큼 다양한 모습을 보여주었다.

어떤 곳은 아예 간판이 아랍어로 되어 있기도 했다. 그곳 사람들의 복장이나 거리에 감도는 활기는 중동의 재래시장인 바자르Bazaar에서 느낄 법한 것들이었다. 어떤 지역에는 온통 검은 중절모와 옷을 입은 정통 유대인들뿐이었다. 마치 예루살렘 한복판에 와 있는 듯, 아이들은 길게 구레나룻을 늘어뜨리고 작은 키파Kippah를 쓴 채 뛰어다녔다.

영국의 문화적 다양성은 런던 외곽의 주거 구역에서도 쉽게 살펴볼 수 있었다. 같은 슈퍼마켓이 여러 개 줄지어 붙어 있었는데, 처음에는 이 풍경을 도무지 이해할 수 없었다. 왜 같은 슈퍼마켓이 네다섯 개씩 연달아 있는 건지……. 더군다나 그 가운데에는 대기업의 프랜차이즈 마켓도 섞여 있었다. 한국이었으면 주변의 다른 곳들은 벌써 문을 닫았을 것이다. 도대체 장사가 되긴 되나 싶어 호스트에게 물어보니, 그 슈퍼들이 모두 같은 슈퍼가 아니라고 했다. 알고 보니 각각의 슈퍼마켓은 서로 다른 문화권의 슈퍼였다. 이를테면 자메이칸, 인도, 파키스탄, 서아프리칸 마켓으로 나뉘어 있는 것이다. 각 마켓에서 파는 물품은 저마다 조금씩 다르고, 각 매장을 주로 이용하는 단골들도 달랐다.

다양성과 관련된 또 한 가지 흥미로운 일화가 있다. 영국 음식은 맛없기로 유명하다. 나는 이 잠언에 가깝게 느껴지는 명제를 직접 확인해보기로 했다. 이스라엘 출신이지만 출생 이후 줄곧 영국에서 산 호스트 아야와 그녀의 룸메이트이자 런던 토박이인 데이비드에게 물었다.

"너희가 생각하기에 가장 맛있는 영국 음식은 뭐야? 한번 먹어보려고."

둘은 서로를 바라보며 몇 초간 고민했다. 역시 저 말이 사실인 걸까. 그때 데이비드가 퍼뜩 답했다.

"커리!"

커리라니, 3분이면 만들 수 있다는 그 음식 말인가. 커리가 가장 맛있는 음식이라니⋯⋯. 게다가 그건 영국 음식도 아니지 않은가. 당황한 내가 커리는 인도 음식이 아니냐고 되묻자, 이번에는 아야가 대답했다.

"영국 전통 음식이 아니면 어때. 우리가 좋아하는 음식 중 하나인 걸. 우리가 먹는 건 영. 국. 식. 커리야!"

그랬다. 그들에게 음식의 출신지는 별문제가 되지 않았다. 지금 영국 땅에 있는 음식은 그것이 무엇이든 영국 음식이었다.

사실 나는 영국에서 먹은 음식들이 꽤나 맛있었다. 난생처음 보는 정체 불명의 음식들이 내 눈과 입을 사로잡았다. 캠던 마켓Camden market, 브릭레 인 마켓Brick Lane market 같은 길거리 시장을 다녀보면 늘 각국의 다양한 음 식들을 만나볼 수 있었다. 오히려 전통적인 영국 음식이라고 할 수 있는 피시 앤드 칩스 같은 것을 파는 상점을 찾아보기가 어려웠다. 특히 런던 에서 가장 신선하고 다양한 식재료를 판다는 버러 마켓Borough market에 가 보면 온갖 신기한 음식들이 가득했다. 실제로 버러 마켓은 영국 식품계 의 '얼리어답터' 역할을 하며, 이곳에서 소개된 음식의 레시피만을 모은 '버러 마켓 요리책'이 나오기도 하고, 그중 소비자에게 호응이 좋은 제 품은 웨이트로즈Waitrose와 같은 대형 마트에 진출하기도 한다고 했다. 이

렇게 소개되는 음식들은 대부분 영국 전통 음식과는 거리가 멀다. 런던에서 음식의 국적과 출신을 논하는 것은 의미가 없다. 그 모든 다양성들이 녹아 한 접시 안에 담기니 말이다. 우리는 그걸 감사히 맛있게 먹으면 된다.

다양성은 때로 더 많은 사회문제를 발생시키기도 한다. 하지만 '다르다'와 '틀리다'를 구분할 수 있다면, 그 '다름'을 온전히 즐길 수만 있다면, 그곳은 분명 전보다 더 나은 곳이 된다. 서로 다른 외양과 문화의 사람들이 부딪힘과 섞임, 어우러짐을 반복하는 것. 그래서 영국의 대표 음식은 오늘도 끊임없이 변화하고 있는 게 아닐까.

CHAPTER 09

DENMARK

덴마크

복지 정책의 길을 묻다

-

Aarhus

| **Aarhus** 오르후스

게으른
로베르트
파헤치기

| 오르후스는 덴마크 제2의 도시라는 명성에 맞지 않게 인구수가 30만 명에 불과했다. 비행기에도 빈자리가 많았는데, 도착해보니 공항에도 사람이 없다. 어떻게 도심으로 나갈지 고민하던 차에 다행히도 함께 이곳으로 온 비행 동료의 차를 얻어 탈 수 있었다.

애초 계획에 없었던 덴마크로 발걸음을 돌린 이유가 몇 가지(나) 있다. 여행 중에 만난 오르후스 출신 친구 덕이기도 했고, 런던에서 다시 유럽 대륙인 덴마크 땅으로 넘어가는 항공권이 고작 16파운드(약 28,000원)이기 때문이기도 했지만, 가장 큰 이유는 유럽 여행을 하다 보니 '복지 정책'에 관심이 많아졌기 때문이었다. 유럽인들의 삶의 방식에서 배우는 복지는 구호뿐인 허울이 아닌 건설적 대안이었다. 삶의 질뿐만 아니라 실질적인 경제성장도 복지를 통해 끌어올릴 수 있다는 얘기다. 그래서 복지의 정점에 선 북유럽을 둘러보며 직접 눈으로 그 현재와 미래를 확인하고 싶었다.

복지 문제에 관심이 생긴 이후로, 나는 히치하이킹을 하면서 만나는 여러 국적의 사람들과 종종 이 문제에 대해 이야기를 나누었다. 한 국가 안에서도 만나는 이들마다 관점이 전혀 달랐다.

암스테르담에서 만난 한 터키 출신 이민자는 네덜란드의 복지와 세금 정책에 대해 이렇게 말했다.

"네덜란드의 세금 정책은 정말 별로야. 마치 늘 우중충한 이곳 날씨 같지. 세금이 너무 과도해. 내가 번 돈의 반 이상을 세금으로 낸다니까? 그런데 그렇게 낸 세금이 어디로 가는 줄 아니? 나한테 돌아오는 게 아니야. 내가 정말 열심히 일해서 낸 세금을 놀고먹는 실직자들이 몽땅 다 가져가. 불공평한 일이지. 도대체 내가 왜 일을 하고 있는지 모르겠어."

그는 네덜란드의 복지 및 세금 정책을 대단히 혐오했으며, 이 때문에 고국 터키로 돌아가고 싶다는 말을 덧붙였다. 한편, 네덜란드 알메러Almere 출신의 전기 기술자는 이와 다른 의견을 냈다.

"네덜란드의 세금 체계는 절대 과도하지 않아. 나, 그리고 우리가 누리고 있는 혜택을 위해 반드시 필요한 거지. 내가 낸 세금으로 일하지 않는 실직자를 돕는 거? 이봐, 내가 실직자가 될 수도 있잖아. 지금 하고 있는 일이 마음에 안 들 수도 있고, 어쩌다 다칠 수도 있고. 큰 그림을 생각해야해. 우리의 복지 체계는 더 건전하고 융통성 있고 효율적인 사회를 만들기 위한 최소한의 요구 조건이야."

그는 제대로 된 복지 시스템의 정착이야말로 사회적 '소모'가 아닌, '생산'의 한 부분이 될 것이라고 여겼다. 복지로써 사용되는 세금은 더 나은 인적자원, 그리고 더 나은 사회로의 성장을 이끄는 핵심 요소라는 생각이었다.

오르후스에 도착한 다음 날, 덴마크의 복지에 대해 자세히 물어볼 기회가 찾아왔다. 호스트 아밀라가 이날 밤 학교에서 파티가 있다며 함께 가자고 제안한 것이다. 얼큰한 술자리가 이어지던 차에 나는 '덴마크에 태어난 것은 행운'이라고 스스로 말하는 이들에게 복지병*에 대해서는 어떻게 생각하는지 물었다.

"복지만으로 먹고살 수 있을까?"

"물론 먹고사는 건 문제가 없어. 그냥 먹고만 사는 거 말이야. 그런데 나는 그렇게 살고 싶지 않아. 하고 싶은 일도 있고, 가고 싶은 곳도 많고. 국가에서 제공하는 복지만으로는 내가 원하는 생활은 꿈도 꿀 수 없거든. 남이 주는 것만 받아먹고 살면 이 소시지를 만드는 돼지랑 뭐가 달라? 결국 어떻게 사느냐가 중요한 거잖아."

더 나은 삶을 위해서 스스로 노력해야 한다는 이야기였다. 그리고 이날 토론에 참여한 대다수의 학생들 역시 이 의견에 궤를 같이했다. 국가에서 제공하는 복지만으로 제대로 살 수 있다고 생각하는 경우는 없었고, 어느 누구도 복지 정책에만 기대 인생을 허비하고 싶어 하지도 않았다. 그리고 나 역시 이 의견에 동의한다. 인간의 욕망과 이기가 복지 정책보다 훨씬 강력한 기제일 것이다. 복지는 이를테면 최소한의 밥이다. 그리고 밥심은 모든 활동의 기반이 된다. 그러나 밥만 먹고 싶어 하는 사람은 없다.

덴마크에 올 때쯤 나는 우리나라 언론에 소개된 덴마크의 복지병 논쟁에 관한 기사를 읽었다. '게으른 로베르트Lazy Robert'라고도 명명되는 복지병은 정당한 일은 하지 않고 평생을 사회보장만으로 살아가는 것을 일컫는 말이다.

덴마크의 복지 정책을 탐구하며 대한민국의 현 상황과 비교되는 몇 가지 시사점도 찾을 수 있었다.

첫째, 덴마크 복지의 핵심은 유연안정성이다. 이는 유연성과 안정성을 결합한 용어로, 기업에는 해고와 채용의 유연성을 줌으로써 경쟁력을 높이게 하는 한편, 노동자들에게는 소득과 고용의 안정성을 제공해 이들의 생활을 보장하는 것을 의미한다. 자유로운 고용과 해고는 기업 활동에는 유리하지만 노동자에게는 매우 불합리한 요소이다. 언제든 해고될 수 있다는 불안을 안고 살아가야 할 테니 말이다. 그래서 덴마크의 복지 시스템은 해고 이후 2년간 기존 급여의 80퍼센트를 받을 수 있도록 보장하고, 재취업을 위한 직업교육을 활발하게 진행해 이 둘의 완충지대를 만들었다. 때문에 덴마크에서는 해고 이후 기존의 직업과 전혀 다른 직업을 선택하는 사람들도 많다고 한다. 생존을 위해 '어쩔 수 없이' 일을 하는 사람이 적으니, 자연스럽게 국가행복지수가 세계 최고 수준이 될 수 있는 것 아닐까.

둘째, 오르후스의 길거리를 지나다 보면 직업 전문 고등학교를 볼 수 있는데, 독일과 마찬가지로 덴마크에서도 이 직업 전문 고등학교를 통한 일자리 창출이 매우 효과적으로 이루어지고 있다. 어린 시절부터 실질적으로 자신의 직업을 선택할 수 있다는 것이다. 이는 높은 수준의 임금이 책정되어 있고, 직종 간 임금격차가 적어서 어떠한 직업을 선택하더라도 원하는 수준의 삶을 살 수 있는 환경이 마련되어 있기에 가능한 일이다. 마찬가지로, 취업 전선에 뛰어들지 않고 대학에 진학하는 학생들은 실질적으로 그러한 교육을 '원하는' 이들에 한정된다. 우리나라처럼 본인의 의지가 결여된 채 휩쓸리듯 대학 교육까지 받는 모습과 사뭇 비교되는 대목이다. 대학에서도 모두 무상교육이기에 대학에 진학하면 석·박사 과정까지 이어지는 경우가 많다. 즉 기술이면 기술, 학문이면 학문, 모든 분야에서 수준 높은 전문가가 탄생할 수 있도록 제도적 지원이 이루어지고 있는 것이다.

그러나 한국 사회는 덴마크와 비교해서 상당히 경직된 사회다. 스스로 어떠한 일을 하고 싶다고 구체적으로 판단하기도 전에 생계의 장으로 뛰어들어야 하는 경우가 많고, 그것이 '아니다'라고 판단하더라도 쉽게 그 선택을 뒤집기 힘들다. 개인의 선택을 지탱해줄 사회적 여유가 없기에 불합리한 것을 알아도 묵묵히 받아들일 수밖에 없고, 새로운 도전보다는 안일한 과거만을 쫓게 된다. 일종의 배수의 진에 몰아넣어진 상태이다. 당장 눈앞의 것에 매달리지 않으면 낭떠러지로 떨어진다는 것을 모두가 알고 있다. 이러한 상황에서 실패를 통한 경험, 새로운 아이디어는 사치에 불과하다. 현재가 불행해도 이를 극복하기보다는 묵묵히 견디는 것만이 요구될 뿐이다. 새로운 활력이 넘치는 사회는 "너는 왜 도전을 안 해?"라고 묻는 것이 아니라, "내가 뒤에 있을 테니 너는 마음껏 도전해 봐!"라고 다독여주는 것이 필요하다. 변혁이 필요한 지금의 한국에게 어쩌면 복지가 새로운 성장을 위한 기반이 될 수 있을 것 같다.

[덴마크, 오르후스] 10월 초, 낮 무렵인데도 금세 어둠이 깔렸다. 한겨울에는 다섯 시간 정도만 밝고, 한여름에는 다섯 시간 정도만 어둡다고 한다. 이 위도 대의 하늘은 극단적인 면이 있다.

복지 문제와 관련해서, 여행 중 만난 친구 한스의 말은 나에게 또 다른 형태의 울림을 남겼다. 덴마크의 복지를 배워가기보다는 '한국형 복지'가 어떤 것일지에 대해 고민해보라는 말이었다. 생각해보면 우리의 전통적 복지는 '가족' 시스템에 있다고 볼 수도 있을 것이다. 부모와 자녀 간의 연대감을 통하여 이루어지는 복지. 부모는 성장기의 자녀를 뒷바라지해주고, 장성한 자녀는 부모를 모시는 것이 암묵적인 우리의 복지 형태였던 것이다.

그러나 사회가 빠르게 변하면서 이 연대감의 끈이 얇아지게 되었고, 급속한 노령화와 경제성장률의 저하로 서로를 보듬어주기 어렵게 되었다. 자녀의 소득이 부모보다 적은 상황에 놓이기도 하고, 노년층을 직접 부양할 수 있는 인구도 줄어들고 있다.

고로 과거의 형태를 현재에 그대로 대입할 순 없지만, 우리의 전통적인 시스템과 그 가치에 대해서는 생각해볼 필요가 있다. 한스의 말처럼, 무조건 선진국의 제도를 따라 하기보다는 우리의 문화를 정확히 이해하려는 노력에서부터 복지 정책이 논의될 수 있다면 더없이 좋지 않을까.

[덴마크, 코펜하겐] 레고의 종주국 덴마크. 세계적 경쟁력을 갖는 한 국가의 산업은 그 나라가 가지고 있는 기후 혹은 지리적 환경에서 비롯되는 경우가 많다. 풍력발전터빈 세계 1위 베스타스는 강한 편서풍이 불어오는 유틀란트 반도에 자리 잡았기에 탄생한 것이고, 레고와 안데르센의 수많은 동화는 겨울과 밤이 매우 긴 지리적 특성으로 인해 '밖에 나가 놀기 어려운' 아이들을 위해 만들어진 것이다.

A-BLOMMOR
Monika och Zigge Nowak

[스웨덴, 말뫼] 스웨덴의 중심도시 말뫼는 과거 '코쿰스'라는 거대한 크레인으로 상징되는 조선업의 도시였다. 그러나 북유럽과 그리스가 주도하던 조선업이 동아시아로 넘어가게 되면서, 코쿰스 크레인은 현대 중공업이 해체비용을 부담하는 조건으로 단돈 1달러에 매각됐다. 이후 말뫼는 새로운 성장 동력을 '친환경 도시'에서 찾았고, 그 상징으로 유럽대륙에서 두 번째로 높은 건물인 터닝 토르소를 세우고 친환경 주거시범단지 '부'를 조성하였다. 그 공간에는 수많은 지속가능한 발전시설과 녹지 공간이 생겨났고, 이를 토대로 다양한 IT, 컨설팅 기업들이 자리를 잡았다.

CHAPTER 10

AGAIN GERMANY

다시 독일

진정한 독일다움에 대한 고찰

-

Lychen

Berlin

Dresden

페리를 히치하이킹 하는 방법

TRELLEBORG
∨
LYCHEN

스웨덴 트렐레보리 ──────→ 독일 뤼헨

스칸디나비아 반도에서 유럽 본토로 가려면, 히치하이킹으로 스웨덴과 핀란드를 종단하는 방법도 있지만, 그렇게 하다가는 긴 여정 중 추운 날씨를 견디지 못하고 눈에 파묻혀 내년 여름이 되어서야 발견될 것 같았다. 독일 하이델베르크Heidelberg에서 만난 호스트에게 페리도 히치하이킹을 할 수 있다는 이야기를 들은 적이 있어 이번에 시도해보기로 했다.

말뫼를 떠나 항구 도시 트렐레보리Trelleborg로 향했다. 페리 히치하이킹은 의외로 간단하다. 아니, 오히려 자동차보다 더 쉽다. 보통 요금은 페리에 들어가는 '차'에만 적용되고, 그 안에 타고 있는 사람에게는 적용되지 않는다. 그러니까 그냥 항구 앞에 서서 페리로 들어가는 차를 잡으면 되는 것이다.

원래 이날의 계획은 트렐레보리에서 폴란드 시비노우이시치에Swinoujscie 까지 페리를 타고 가서 슈체친Szczecin으로 향하는 것이었다. 유럽에서 가장 저렴하다는 폴란드 물가를 확인해보고 싶었고, 유럽의 공장 역할을 도맡아 하는 폴란드의 활기를 느껴보고 싶었다. 하지만 막상 이곳에 와서 폴란드로 가는 차를 살펴보니 대부분이 화물트럭이고, 그 수마저도 그리 많지 않았다. 그래서 일단 유럽 본토로 넘어간 뒤, 폴란드로 갈지 베를린으로 향할지 결정하기로 했다.

나를 페리로 인도해준 독일 출신 루돌프는 150년의 가업을 이어 지붕 공사를 하다가 이제는 은퇴하고 조용한 삶을 즐기고 있었다. 이날은 스웨덴에 거주하고 있는 동생을 만나고 다시 독일로 향하다가 나를 발견하게 된 것이었다. 히치하이커를 태워주는 사람 중에는 여행을 좋아하는 이들

이 많았는데, 루돌프 역시 아프리카와 중남미로 자주 여행을 다녔다고 한다. 루돌프는 키가 2미터에 육박했는데, 배에 타자마자 어린아이처럼 들뜬 모습을 보여주었다. 나 역시 시원한 바닷바람을 맞으니 기분이 두둥실 떠올랐다. 바다 앞에서 아이 같아지는 건 누구나 마찬가지인 모양이다. 독일에 도착하기까지 걸리는 시간은 너덧 시간 남짓. 다행스럽게도 인터넷을 이용할 수 있어서, 그간의 사진을 정리하고 바뀐 계획을 점검할 수 있었다. 흰 입김이 나오던 트렐레보리의 선득한 공기, 새들에게 빵을 나눠주던 할아버지의 미소, 장터에 수북이 쌓여 있던 감자. 별것 아닌 일상의 풍경이지만, 거기에서 쌓인 촘촘한 이야기들이 나를 지금 이 공간으로 이끌었다. 만약 오늘 루돌프를 못 만났으면, 이곳에서 뭘 했을지도 참 궁금하다. 다시 공원으로 가서 새들의 뒤꽁무니를 따라 다니고 있을지,

아니면 페리에 매달려 갈지……. 애초에 나를 태워줄 이를 찾지 못할 거라는 상상을 해본 적이 없다는 것도 신기할 따름이다.

저녁 7시쯤 비가 보슬보슬 내리는 사스니츠Sassnitz 항구에 도착했다. 루돌프는 이곳이 독일에서 가장 큰 섬이며, 여름철엔 많은 독일인이 즐겨 찾는 휴양지라고 얘기해줬지만, 어두컴컴해서 휴양지인지 공업단지인지 구분할 수 없었다. 베를린까지는 차를 타고 네 시간을 더 가야 했다. 루돌프는 중간에 차를 세우고 동생에게 전화를 하더니 이날 밤의 계획을 전면 수정했다. 오늘은 베를린으로 가는 길 중간쯤에 있는 동생의 집에서 머물기로 말이다. 차는 한밤의 울창한 숲을 달렸다. 베를린에서 북쪽으로 80킬로미터 떨어져 있는 조용한 마을 뤼헨Lychen에 도착한 시각은 11시 무렵. 버멜스 가족은 예정에 없던 손님을 받아준 것도 고마운데, 푸짐한 식사까지 마련해주었다. 따뜻한 사람들과 더 따뜻한 대화를 나누며 다시 한번 독일에서의 여행이 시작되었다.

가장 보통의
존재들이 저지르는
악행에 대하여

| 따뜻함이 넘치는 호스트 버멜스의 집에서 보내는 일상은 풍요로웠다. 아이들은 내가 '점령'한 그들의 방에서 열심히 뛰놀았다. 나무로 만든 칼과 방패를 가지고 칼싸움을 하며, 침대에 올라 방어전을 펼치기도 하고 계단을 오르락내리락하며 추격전을 벌이기도 했다. 그 모습을 사진으로 담고 싶어 카메라를 들이댔더니, 아이들이 움직임을 멈추고 뻣뻣하게 경직된다. 그들의 천진한 놀이를 내가 방해하고 있다는 것을 깨닫고 바로 카메라를 치웠다.

오후에는 버멜스와 함께 라벤스브뤼크Ravensbruck 강제수용소를 찾았다. 이곳은 1939년부터 1945년까지 13만 명 넘는 인원이 수용당한 나치 독일 최대 규모의 여성 수용시설이다. 1942년부터는 이곳에 성 노동이라는 명목으로 위안시설이 마련되었다. 이 위안시실은 나치를 위한 깃이

아니라, 독일과 폴란드 전역에 있었던 또 다른 강제수용소의 남성 수용자들을 위한 것이었다. 남성 수용자들의 노동생산성 향상과 통제를 위한 일종의 포상 제도로써 활용된 것이다(나치 시절 또 다른 '죄'였던 동성애 방지 차원이기도 했다). 쉽게 말해 수용소 생활을 충실히 하면, 이곳에서 성욕을 해결할 수 있도록 한 것이다.

인간이 얼마나 추악한 모습을 가질 수 있는지 절실히 드러나는 곳이다. 이러한 제도를 만들어낸 나치도 문제가 있지만, 이를 통해 자신들의 성욕을 채웠던 남성 수용자들도 납득할 수 없었다. 혼란의 아귀는 가해자와 피해자의 경계를 무너뜨렸다.

버멜스가 메인 전시관에서 나오며 내게 물었다.

"너도 혹시 매캐한 냄새가 느껴지니?"

"네. 어디에서 나는 걸까요?"

"나는 이 냄새가 여전히 남아 있는 희생자들의 한이라고 믿어. 지워질 수 없는 이곳의 비극이지. 우리는 절대 이 냄새를 잊어서는 안 돼."

나는 말을 잇지 못하고 조용히 이곳에서 희생된 사람들을 떠올렸다.

전시실을 빠져나오니 건물 사이사이 좁은 골목이 보였다. 이 좁은 골목에서 수많은 수용자들이 학살당했고, 한 줌의 재가 되었다. 1945년 소련군이 처음 이곳에 도착했을 때(그래서 라벤스브뤼크 입구에는 소련군 탱크가 있다), 이 자리에는 수많은 희생자들의 재가 가득했다고 한다. 이곳에 서 있으니 당시의 아픔이 그대로 전해지는 듯했다. 가슴이 먹먹해졌다.

수용소를 돌아보며 심적으로 울림이 컸던 이유는 우리나라 역시 일제의 학살, 강제징용, 위안부의 피해를 간직하고 있기 때문일 것이다. 다만, 라벤스브뤼크가 그 비극을 진실 그대로 드러내고 기억하는 것과는 대조적으로 일본은 지금도 자신들의 잘못을 합리화하고 감추기에 급급하다. 위안부 소녀상 건립을 반대하는 일본 극우파의 태도는 그들의 역사의식과 윤리의식이 얼마나 형편없는 수준에 머물러 있는지를 그대로 보여준다. 반성이 없는 사회는 그 자체로 과거에 얽매여 고인 물이 되고 만다. 문제를 직시하지 않는 한 더 나은 미래는 있을 수 없기 때문이다. 이는 우리 역시 마찬가지이다. 희생의 역사는 숱하게 배웠지만, 가해의 역사에 대해서는 과연 얼마나 알고 있는가. 크고 작고를 떠나 우리 안에 있었던 과오들을 바로 볼 수 있을 때, 더 바른 우리로 존재할 수 있지 않을까? 자의였든 타의였든 우리가 행한 과오들을 진실 그대로 직면할 수 있을 때, 더 당당한 우리로 바로 설 수 있지 않을까?

내가 라벤스브뤼크 강제수용소를 찾기 한 달 전인 2013년 9월, 한국의 위안부 피해 할머니들이 이곳에 다녀가셨다. 그분들이 이곳에서 떠올렸을 끔찍한 고통과 절망의 시간들이 나로서는 감히 가늠되지 않는다. 다만 그중 한 할머니께서 남긴 말씀을 곱씹어볼 뿐이다.

"내가 죽어도 끝나서는 안 된다."

역사에는 멈춤의 시간이 없다. 기억을 넘어 실체로 만드는 힘, 그것은 우리 안에도 있다.

라벤스브뤼크 강제수용소 주변은 잔잔한 호수와 울창한 숲, 그리고 나

엽으로 뒤덮여 참으로 아름다웠다. 그 사실이 내게는 역설적으로 다가왔다. 인간은 이렇게 아름다운 곳에서도 거리낌 없이 추악한 짓을 할 수 있다. 그리고 그 악행이 특별한 악인으로부터 자행되는 것이 아니라, 가장 보통의 인간에게서 나온다는 사실이 나를 더욱 슬프고 처참하게 만든다.

독일의 정치 철학자 한나 아렌트는《예루살렘의 아이히만》에서 '악의 평범성'에 대해 이야기한바 있다. 나치의 유대인 학살을 지휘한 아이히만의 재판 과정을 보면서 그녀는 '악행을 저지르는 이는 지극히 평범하고, 우리 주변에서 쉽게 볼 수 있는 일반적인 사람'이라는 인상을 받는다. 아이히만은 뿔 달린 괴물이 아니었다. 그저 스스로 생각하지 않고 '위에서 시키는 대로' 행동했을 뿐이다. 악행은 유별난 것이 아니다. 자신의 행위가 타인이나 사회에 어떤 영향을 끼칠지 생각해보지 않는다면 누구나 저지를 수 있는 행동이다. 더군다나 사회가 스스로 생각하는 것을 억압한다면 행위는 손쉽게 악행으로 변한다.

우리는 종종 집단이라는 이름 뒤에 숨곤 한다. 그 안에서 편안함을 구할 수 있기 때문이다. 익명의 긴 그림자는 어둡고 아늑하다. 옳고 그름에 대한 판단은 집단에 맡기거나, 혹은 옳지 않다는 것을 알면서도 숨을 죽인다. 아렌트는 이와 같은 인간의 행위에 대해 다음과 같이 말한다.

"이렇게 사고력이 결여된 인간은 보지도 못하고, 말하지도 못하고, 듣지도 못하는 세 가지 무능력을 갖게 된다. 즉 정치적으로 생각하고 상상하지 못하며, 진실을 보지도 듣지도 못한다. 인간으로서 사고하지 못하는 무능력이 우리 사회를 지배하고 있다."

이러한 사회 속에서 집단과 체제는 손쉽게 자신들의 룰을 만들어낸다. 주류의 룰은 옳지 않더라도, 힘이 세다. 가장 힘이 센 것이 결국 옳은 것이 된다. 그렇기에 우리는 더욱 주류에 포섭되려고 노력한다. 승자가 옳은 사회, 가해자가 주류에 서는 사회. 이것이 과연 우리가 꿈꾼 근대사회일까? 아렌트는 언제나 나치와 유사한 문제가 발생할 수 있다고 말한다. 라벤스브뤼크에서 비극이 벌어진 지 채 한 세기도 되지 않아 가자지구Gaza Strip에서 벌어지는 일들을 보라. 피해자가 가해자가 되고, 개인이 곧 집단이 되어 벌이는 끔찍한 학살의 역사는 오늘도 계속되고 있다.

어쩌면 가장 진보적이고 혁명적인 것은, 자기 자신을 있는 그대로 정확하게 바라보는 것에서 시작할지도 모르겠다. 내가 받는 것뿐만 아니라, 내가 행하는 것까지 직시할 줄 아는 것. 주류가 되는 것만을 고민하는 것이 아니라, 주류가 되어서도 내가 주류이기 때문에 행하는 폭력을 고민할 줄 아는 존재가 될 때 비로소 나는 진정 건강한 사회를 만들고 있는 일원이라 당당히 말할 수 있지 않을까.

진짜 독일,
진짜 베를린은
어떤 모습일까?

| 호스트의 집으로 향하던 어느 늦은 밤, 도심 한복판에서 난데 없이 보스니아 헤르체고비나 국기의 향연을 마주했다. 차들은 경적을 '연주'하며 도로를 점령하고 있었고, 사람들은 그 위로 올라 보스니아 헤르체고비나 국기를 휘젓고 있었다. 알고 보니 이날은 보스니아 헤르체고비나가 역사상 처음으로 월드컵 진출을 확정한 날이었다. 베를린에 거주하고 있던 수많은 보스니아 사람들이 이날의 영광을 위해 스스로 축제를 열고 있는 것이었다.

내 상상 속 독일은 서독일(슈투트가르트, 프랑크푸르트)의 질서 정연한 모습과 비슷했다. 하지만 베를린의 길거리는 그보다 훨씬 시서분했고, 교통질서는 서쪽의 도시들보다는 좀 더 혼란스러웠다. 심지어 베를리너마저도 베를린 최고의 음식으로 터키의 케밥을 꼽았다. 나는 소시지만을 생각하고 있었는데 말이다. 이 상상과 현실의 간극 속에서 나는 '베를린이

독일답지 않다'는 생각을 했다. 그런데 이 '독일답다'는 것의 정체는 무엇이었을까?

어쩌면 나는 무심코 현재의 독일을 보려 하지 않았던 것은 아닐까. 수많은 이민자들이 함께 사는 베를린은 독일다운 도시가 아닌가? 지저분하고 무질서한 베를린의 길거리는 내가 상상한 독일의 모습이 아닌가? 어쩌면 사실 이 모습이야말로 진짜 독일, 진짜 베를린의 모습일 것이다.

1961년 베를린 장벽이 세워지고, 동독의 노동력을 유지하기 위해 외국인 노동자들을 채용하면서 오늘날 독일은 수많은 이민자들이 함께 살아가는 곳이 되었다. 인구통계만 봐도 독일은 순수 독일인(?)으로만 이루어진 사회가 아님을 알 수 있다. 독일 축구 국가대표만 해도 얼마나 많은 이민자 출신이 존재하는가(외질, 클로제, 포돌스키, 케디라, 보아텡 등등).

내 생각 속에 얼마나 많은 편견과 의도가 자리 잡고 있었는지 새삼 깨닫게 되었다. '독일의 이미지는 체계적인 질서와 시스템'이라는 명제를 만족시키기 위해 그에 반하는 사례들은 무시하려 애쓰고 있던 것이다.

'~답다', '~다움'이라는 말이 어쩌면 위험한 단어라는 생각이 들었다. 실제가 아닌 주관이 담겨 있기 때문이다. 대상을 그대로 보는 것이 아니라 규정된 틀을 요구하기 때문이다.

이 여행도 매우 짧은 시간의 눈으로 전체가 아닌 부분만을 바라보고 있다는 사실을 염두에 둘 필요가 있다. 그리고 그렇게 편견과 의도를 없애고 바라본 베를린은 기대했던 것보다 훨씬 더 특별하고 깊고 다양한 문화를 가진 도시였다. 도시 전체에 배인 서독과 동독, 서유럽과 동유럽의 문화

가 만들어내는 이질적인 풍경과 골목 구석구석 자리 잡고 있는 베를린만
의 길거리 문화는 무척이나 인상적이었다. 그리고 나는 이 도시의 매력
에 빠져, 당초 계획한 것보다 더 오래 베를린에서 머물게 되었다.

[독일, 베를린] 바닥의 흔적만이 이곳에 베를린 장벽이 있었다는 것을 말해준다. 이 한 발자국도 되지 못하는 장벽이 자유를 가르는 경계가 되었다.

도심 한복판에 자리 잡은 홀로코스트 메모리얼. 이곳은
속죄와 반성의 공간이다. 그러나 동시에 용기의 공간이
며 잘못을 감추지 않고 직시하려는 의지의 상징이다.
이 흉물 속에서 오히려 독일이 다시 태어남을 느낀다.

히치하이커의 카르마

독일 베를린 ⸻⟶ 독일 드레스덴

독일 드레스덴Dresden과 콧부스Cottbus 사이 갈림길의 휴게소에서 히치하이킹을 시도하려 했다. 규모가 상당히 큰 휴게소인데도 생각했던 것만큼 쉽게 차가 잡히지 않았다. 추운 날씨가 사람들의 마음도 냉랭하게 만든 것일까? 한참이 지난 후 내가 서 있는 곳과 다른 곳으로 빠져나가다가 나를 발견하고는 친히 차를 돌려 다가와주는 이가 있었다.

"타세요."

"드레스덴에 가나요?"

"드레스덴은 안 가지만 그 방향으로 가요. 가다가 이곳보다 더 괜찮은 곳에서 내려줄테니까 타세요."

휴게소를 거치는 대부분의 차가 드레스덴과는 다른 방향인 콧부스로 향했기에 사실 나에겐 선택의 여지가 없었다. 선뜻 올라탔지만 무척이나 낡고 온갖 짐들로 가득한 차는 그다지 아늑한 느낌이 들지는 않았다. 운전자는 자신을 프랑크라고 소개하며 이내 말을 이었다.

"나도 히치하이커예요."

"젊은 시절에요?"

"아니, 지금도. 쉰이 넘은 요즘에도 히치하이킹으로 이동해요. 이 차도 내차가 아니라 오늘만 친구한테 빌린 거예요."

히치하이킹은 보통 젊은 시절의 추억으로 여겨지곤 하기에 나는 살짝 놀랐다는 제스처를 취했다. 프랑크는 덤덤하게 말을 이어갔다.

"나도 히치하이킹을 하면서 참 많은 도움을 받았어요. 나는 누군가를 도와줄 기회가 없을 줄 알았는데, 오늘은 참 운이 좋네요."

운이 좋은 것은 차를 얻어 탄 나인데, 그는 자신이 운이 좋다고 이야기했다. 그러곤 그간의 히치하이킹 경험담을 들려주었다. 대선배님을 옆에 두고 나는 한껏 귀를 쫑긋거리며 경청했다. 자신을 위해 목적지를 훨씬 지나친 곳까지 가준 사람들, 따뜻한 식사를 대접해준 사람들, 지인에게 따로 히치하이킹을 부탁해준 사람들까지……. 줄곧 이야기를 들려주던 그가 잠시 숨을 고르더니 말을 이었다.

"카르마라고 알아요? 내가 당신을 태워주는 게 바로 카르마예요. 히치하이킹을 하면서 받아온 수많은 호의에 대한 내 작은 보답이에요. 결국 당신을 태운 건 내가 아니라 나에게 도움을 줬던 사람들인 셈이죠."

휴게소에 다다랐을 때, 그는 주머니에서 잔돈을 모두 꺼내 나에게 주었다.

"이걸로 여기에서 커피라도 한 잔 마셔요."

나는 이곳까지 데려다 준 것도 고마운데 돈까지 받을 수는 없다며 한사코 거절했다. 그러나 그는 내 손을 꼭 잡고 돈을 쥐어주었다.

"받아줘요. 나도 받은 게 많아서 그래요. 시간이 있었으면 같이 식사라도 나누고 싶은데, 아쉽게도 너무 바쁘네요. 많이 주지 못해서 미안해요."

이 말을 남기고 그는 나를 내려준 휴게소를 빠져나갔다. 그러곤 조금 전에 온 길을 다시 거슬러 올라갔다.

프랑크의 차가 빠져나가는 것을 채 지켜보기도 전에 드레스덴 번호판을 달고 있는 차량이 눈에 띄었고, 나는 재빨리 다가가 태워달라고 요청했다. 그는 베를린에서 방금 구매한 자신의 첫 차를 끌고 드레스덴으로 향하는 중이었는데, 마침 내가 '첫 번째' 동승자가 된 것이었다. 이 새 차주는 나를 드레스덴 호스트의 집 앞까지 데려다 주었다. 그리고 그곳엔 나를 기다리고 있는 드레스덴의 호스트 프리츠가 있었다.

내가 머물 방에 도착한 후에야 뒤늦게 프랑크가 손에 쥐어줬던 동전들을 보며 카르마란 단어를 곱씹어보았다. 돌고 도는 카르마! 내가 지금 받고 있는 수많은 호의는 언젠가 다시 갚아야 할 것들이다. 선한 행위는 반드시 선한 결과를 낳는다고 믿는다. 이번 여행을 통해 나는 세상에 갚아야 할 것들이 참 많은 사람이 되었다.

CHAPTER 11

CZECH

체코

압도적 질서에서 자유를 보다

-

Praha

| **Praha** 프라하

짧은 인생을
후회 없이
여행하는 법

　체코의 수도 프라하의 지형은 여러 언덕이 도심을 감싸고 있는 형상이다. 어느 언덕에는 성이 올라서 있고, 또 다른 언덕에는 넓은 공원과 공동묘지가 펼쳐져 있기도 하다. 각각의 언덕들이 바라보고 있는 프라하는 제각기 다른 모습일 것이다. 프라하의 아름다운 성에서는 골목과 건물에 담긴 체코의 역사가 펼쳐지고, 비셰흐라드 공동묘지에서는 체코인들의 마음속에 여전히 살아 있는 위인들을 느낄 수 있다. 널찍하고 아름다운 레트나 공원의 거대한 메트로놈에서는(원래 이곳에는 스탈린 동상이 세워져 있었다) 압도적인 체제와 질서의 균형이 느껴진다. 그런데 그 어느 언덕에 올라서건 동일히게 보이는 것이 있으니, 바로 수많은 다리가 놓인 블타바 강과, 붉은 지붕으로 촘촘히 이어진 프라하의 아름다운 스카이라인이다. 어느 것 하나 유난히 높거나 낮지 않고 가지런히 펼쳐진 지붕들이 자아내는 풍경은 가히 예술과 같다.

214

STARBUCKS COFFEE

프라하 주변의 높은 언덕에 올라서면 그 풍경의 구석구석과 골목 사이사이, 그리고 프라하에 살고 있는 사람들의 움직임과 그들 삶의 구역을 한눈에 바라볼 수 있다. 저 골목과 풍경을 채운 사람들은 모두 어떤 모습으로 살아가고 있을까? 가끔 이렇게 높은 곳에서 내 삶의 구역을 살펴보고 있노라면 복닥거리던 나의 삶을 한 발자국 떨어져 객관적으로 바라볼 수 있을 것 같은 기분이 든다. 나는 이 땅에서 어디에 위치해 있고, 어느 구역에 속해 있으며, 어디로 이동하는지…… 내 삶의 구역을 객관적으로 바라볼 수 있다는 것은 그간의 내 행위를 돌아볼 수 있는 반성의 계기를 마련해주기도 한다. 내가 얼마나 작은 범위에 속해 있는지, 그리고 그 작은 범위에서도 나란 존재는 또 얼마나 작은지 확인할 수 있기 때문이다. 그 속에서의 관계, 그리고 그 관계에서 비롯되는 다양한 감정들이 실제로는 얼마나 사소한 것이었는지를 깨닫게 되는 것이다. 모든 것을 짊어진 듯 무겁고 괴로운 감정들도 어쩌면 큰 그림 안의 작은 점에 불과한 것이라는 사실 말이다.

언덕에 서서 프라하를 바라보며 내가 걸어온 길들을 되짚어봤다. 그토록 간절히 바라던 여행을 하고 있는 나를 다시 돌아본다. 이 여행을 시작한 지 정확히 100일째. 가지고 있는 물건들은 하나둘씩 고장이 났다. 삼각대는 부서졌고, 스마트폰도 메모리에 오류가 생겨 도통 말을 듣지 않고, 가방도 군데군데 찢어져 아슬아슬하게 기워두었다. 물건은 낡아도 생각만은 그렇지 않기를 기대했지만, 처음 여행을 시작할 때의 신선함은 사라진 것만 같다. 눈앞의 풍경이 이제는 너무도 익숙하게 느껴지고, 내일은 어떤 하루가 될지 쉽게 그림이 그려진다. 여행의 기대와 신비가 희박해

졌달까. 이곳 프라하에서는 특히나 그런 마음이 더 강하게 느껴졌다. 마음은 덤덤한데 보고 있는 풍경은 너무나도 특별하니 하루에도 수십 번씩 감정이 변했다. 혹시 내가 조울증이 있는 건 아닌지 의심될 정도로……. 문득 지금의 내 모습이 원하던 것을 손에 쥐고도 다른 것을 갖고 싶어 어리광을 부리는 아이의 모습과 닮은 것 같다는 생각이 들었다. 마음을 잠식하도록 그냥 내버려둔 사소한 감정들이 쌓이고 쌓여 이제는 꽤나 무겁게 나를 짓누르고 있었다.

이런저런 생각들을 하며 멍하니 블타바 강을 바라보고 있으니 어둑어둑 해가 저물었다. 조금 더 겸손한 여행을 해야겠다는 다짐을 하며 마음을 추스르게 된 것도 그 무렵이었다. 압도적인 프라하의 풍경은 아이러니하게도 삶을 여행하는 방법을 알려주었다. 내 삶의 반경과 마음을 끊임없이 돌아보고 추스르는 것, 그것이 바로 한 번뿐인 삶을 후회 없이 여행하는 방법이리라.

[체코, 프라하] 발걸음을 멈출 수 없는 여행자에게 비는 적(敵)이다. 그러나 이 적이 때로는 예상치 못한 선물을 안겨주기도 한다. 나는 이곳 카를교에서 비가 오지 않았다면 절대 볼 수 없었을 풍경을 마주하였다.

시간이 흐른다고, 하루를 더 살았다고 어제보다 좋은 사람이 되는 것은 아니다. 삶은 부단한 노력을 해야만 앞으로 나아간다. 나는 어제보다 더 많은 생각을 하고 있는가? 나는 어제보다 더 만남을 소중히 여기고 있는가? 나는 어제보다 더 특별한 오늘을 보내고 있는가?

여행은 끝없는 버림의 여정

PRAHA
∨
BRATISLAVA

체코 프라하 ─────→ 슬로바키아 브라티슬라바

슬로바키아 브라티슬라바Bratislava로 가기 위해 프라하 외곽 고속도로 휴게소로 향하는 길엔 포근한 낙엽이 수북이 쌓여 있었다. 여름에 시작한 이 여행이 어느덧 완연한 가을의 끝 무렵에 이른 것이다. 그간 짐을 늘리기 싫어 반팔을 입을 수 있을 정도로 따뜻한 곳들만 골라 찾기도 했는데, 이제는 조금 시린 듯한 가을바람에도 완연히 익숙해졌다.

계절이 뒤바뀌는 대목에선 짐이 늘어나게 마련이다. 나 역시 두툼한 스웨터를 한 벌 사야만 했다. 새 스웨터를 사면서, 배낭에서 어떤 것을 버려야 할지 고민이 시작됐다.

여행은 버림의 여정이다. 출발부터 그러하다. 여행 가방을 꾸릴 때, 가장 고민이 되는 건 무엇을 가져가느냐가 아니라 무엇을 버리고 가느냐이다. 이것저것 다 필요해 보이지만, 내가 들고 갈 수 있는 것에는 한계가 있다. 반드시 버려야만 여행을 시작할 수 있다. 여행 계획을 세우는 과정은 어떠한가. 지도 위에서 내 눈길을 사로잡는 수많은 곳들을 놓아줘야 한다. 시간은 한정되어 있기 때문이다. 또한 장기간 여행을 하기 위해서는 크든 작든 내가 차근차근 이룩한 것을 기꺼이 포기해야만 한다. 안정된 삶, 또 다른 기회, 그리고 나를 이루는 수많은 관계를 내려놓았을 때 비로소 한 발자국 앞으로 나설 수 있다. 여행이 끝나고도 마찬가지이다. 무수히 많은 이야기, 아름다운 사진을 하나씩 걷어내고, 가장 좋은 것을 골라야 한다. 그렇게 버리고 또 버렸는데도 걷다 보니 가방이 무거웠다. 아직도 뭔가에 미련이 남았나 보다.

프라하에서 브라티슬라바까지는 330킬로미터. 중간에 체코 제2의 도시 브르노Brno가 있기에, 이날의 사인카드엔 브라티슬라바와 브르노를 모두 적어두었다. 차량들을 향해 익숙한 미소를 짓고 있으니 차 한 대가 멈췄다. 프라하와 브르노 중간쯤에 있는 이흘라바Jihlava에 가는 차량이다.

나를 태워준 이는 내내 체코의 사회ㆍ경제ㆍ문화 전반에 대해 다양한 이야기를 해주었다. 가장 기억에 남는 것은 체코인에 대한 그의 인식이었다. 이 아저씨의 주장에 따르면 체코인들은 타 슬라브어 계열의 언어를 어느 정도는 이해할 수 있다고 한다. 이를테면 폴란드어를 천천히 말하면 50퍼센트 정도는 알아들을 수 있다는 것이다. 그러나 폴란드인들은 어지간해선 체코어를 알아들을 수 없는데, 이는 체코가 역사적으로 강대국에 둘러싸여 있었거나 지배당한 시기가 많았기 때문이다. 마찬가지 이유로 아저씨는 체코인이 경계심은 강하지만 흐름에는 밝은 민족이라 칭했다. 그럼에도 인구구성 면에서 90퍼센트 이상이 체코인으로 이루어져 있어 조금은 포용성이 떨어지는 사회라고 했다.
한편으로는 과거 공산주의 국가였던 만큼 사회복지 시스템이 소득수준에 비해 잘 꾸려져 있어 삶의 질이 높으며, 스스로 '영리하다'는 자부심을 가지고 있기도 했다(콘택트렌즈를 발명한 사람이 체코인이라 한다!). 그리고 금융이 아닌 제조업 중심의 산업구조와 경제적 흐름에 밝은 민족성으로 유로존 위기에도 큰 동요가 없었기에, 소득수준이 더 높은 스페인, 그리스 등지에서도 체코로 일자리를 찾아오는 사람이 많다고 했다.
아저씨는 이흘라바의 주유소에 도착해서도 한참을 체코에 대해 이야기해주었다. 그의 이야기는 나 스스로에게 과연 체코에 대해 얼마나 알고 있었는지, 혹은 알려고 노력했는지를 되묻게 했다. 그저 프라하는 야경이 멋지다고 감탄하는 수준에만 머물렀던 나를 돌아보게 된 것이다.

주유소의 벤치는 붉고 노란 단풍나무로 둘러싸여 있었다. 주변 풍경이 워낙 따뜻해서 바로 가기보단 잠시 쉬며 풍경을 즐기기로 했다. 길 위에서 배우는 살아 있는 공부, 그리고 이런 여유. 히치하이킹 여행의 묘미는 이런 것이 아닐까.

히치하이킹은 그 자체로 불확실과 불완전의 연속이다. 잘될 때는 채 1분이 걸리지 않아 차가 서기도 하고, 안될 때는 여섯 시간을 기다려도 소식이 없을 수 있다. 처음 히치하이킹을 할 때는 차가 안 서면 어쩌나, 하는 불안감이 컸다. 그러나 숱한 경험을 통해 어느 순간부터는 아무럼 어때, 라고 생각하는 여유를 가지게 됐다. 어떻게든 목적지에 도달하게 된다는 사실을 알게 되었고, 간혹 목적지에 도달하지 못하더라도 우연한 장소와 만남에서 또 다른 기쁨을 얻을 수 있었다. 성공과 실패라는 결과보다는 내가 행한 시도 자체에 초점을 맞추다 보니 성취감도 더욱 커졌다. 더 많이 시도해보는 것이 히치하이커로서 내가 해야 할 유일한 일이라는 것도 깨닫게 되었다.

단풍나무 아래에서 늘어지게 낮잠을 자고 일어나 다시 히치하이킹을 시도했다. 차가 거의 없어 주유소 입구에서 책을 읽으며, 가끔 엄지손가락을 내밀었다. 덤덤한 시간들이 지나고, 어느새 내 눈앞에 'SK'로 시작하는 번호판을 단 슬로바키아 차량이 서 있었다.

[슬로바키아, 브라티슬라바] 거리를 걷다 보면 각각의 이름과 사연이 담긴 동상들을 자주 만나게 된다. '츄밀'이라는 이름의 이 동상은 맨홀에 걸쳐 앉아 지나가는 아름다운 여인들을 훔쳐보고 있다. 표정이 참 익살스럽게 행복해 보인다.

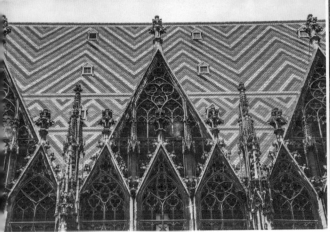

[오스트리아, 비엔나] 비엔나는 19세기에서 20세기로 넘어가는 시기에 가장 혁명적인 창조정신으로 뒤덮인 곳이다. 클림트, 실레, 비트겐슈타인, 프로이트 등 예술과 사상을 아우르는 새로운 지성이 한 세대에서 동시에 일어났다. 빈을 거닐면서 이러한 시대가 탄생하게 된 이유를 생각해보다가 1919년 오스트리아의 재무상을 역임했던 경제학자 슘페터가 떠올랐다. 슘페터가 이야기한 '창조적 파괴'는 일종의 생물학적 개념이다. 아가미를 버리고 지느러미를 버렸을 때, 새롭고 강인한 종으로 육지에 설 수 있다는 것이다. 스스로 파괴할 줄 알 때, 진화가 있는 것이다.

[헝가리, 부다페스트] 이곳의 야경은 압도적이다. 수많은 여행지를 거쳤지만, 부다페스트만큼 밤의 모습이 완벽하다
는 생각이 든 경우는 없었다. 다소 어두운 느낌의 도시에서 랜드마크라고 할 수 있는 몇몇 건물들만 툭툭 도드라지게
밤을 밝히고 있는데, 그 모습이 마치 연극 무대 위 주인공에게 쏟아지는 스포트라이트의 느낌이랄까. 내 시선은 가장
완벽한 주인공에게 꽂혀 움직일 줄을 몰랐다.

CHAPTER 12

SERBIA

세르비아

선명히 남아 있는 총탄의 기억

-

Beograd

| **Beograd** 베오그라드

갈등은 남았지만
　　　　영원한 적도,
우방도 없다

　| 세르비아의 베오그라드에서는 그간의 바쁜 여행을 잠시 세워두고, 평범한 일상의 시간을 즐겼다. 베오그라드의 호스트 발렌티나와 함께한 자전거 라이딩 역시 내게 이 일상의 기쁨을 다시금 일깨워주었다. 우리는 베오그라드에서 25킬로미터 정도 떨어진 판체보Pancevo까지 라이딩 클럽 회원들과 함께 달렸다. 자전거를 타기에는 더없이 좋은 날이었다.

아침 일찍 두나브(다뉴브) 강가의 대여소에서 빌린 자전거로 베오그라드 도심을 가로질러 달렸다. 빛바랜 건물들 사이로 독특한 양식의 세르비아 정교회 건물이 보였고, 간혹 흉측하게 파괴된 건물들을 지나칠 수 있었다. 대부분 1999년 나토군의 베오그라드 폭격 때 피해를 본 건물들이었다.

하나의 유고슬라비아를 주장했던 티토가 사망한 이후 세르비아 민족주의를 주장한 밀로셰비치에 의해 발칸반도는 전쟁터가 되었다. 티토는 유고슬라비아 국가들의 다른 민족, 다른 종교에 대한 특질을 이해하고 각기 다른 정책과 지원 제도를 활용하였기에 코소보는 자치권을 얻을 수 있었지만, 밀로셰비치가 정권을 잡은 이후 코소보는 세르비아에 완전히 병합되었다. 이전의 '연방'이 아닌 하나의 '속국'으로 자리잡게 된 것이다.

코소보는 세르비아와는 전혀 다른 민족 및 종교 구성을 가지고 있는 지역이다(세르비아 : 슬라브계-세르비아 정교, 코소보 : 알바니아계-이슬람교). 때문에 실질적으로 당연히 분리되었어야 할 지역임에도 불구하고, 세르비아 역사의 발원지라는 이유로 묶여 있었던 것이다.

밀로셰비치는 코소보에 폭정과 함께 '인종청소'를 자행했다. 결국 나토(북대서양조약기구)가 개입했고, 코소보는 국제사회로부터 주권독립국가로 인정을 받게 되었지만, 세르비아는 여전히 이를 인정하지 않고 있다. 베오그라드의 폭격당한 건물은 세르비아 입장에서는 나토에 항복하고 코소보를 실질적으로 내준 아픈 역사를 상징하는 것이다. 10년이 지난 지금도 폭격당한 건물을 철거하지 않은 이유에 대해 발렌티나는 이 같은 아픈 역사를 기억하기 위해서라고 했다. 그러나 발렌티나의 말과는 다르게, 역설적이게도 지금의 세르비아는 낙후된 경제를 살리기 위한 전략으로 유럽연합과 나토에 가입하려는 행보를 보이는 중이다. 결국 영원한 적도, 영원한 우방도 없다.

11월 초 베오그라드의 날씨는 자전거를 타기에 더없이 적합했다. 바람은 알맞게 시원했고, 내리쬐는 햇볕은 따스했다. 발렌티나는 보통 이맘때면 쌀쌀하기 마련인데 오늘은 유난히 날씨가 좋다며, 먼 땅에서 온 여행자의 기분을 한껏 띄워주었다. 혼자가 아닌 누군가와 함께 달리는 건 참으로 오랜만이라서, 마치 도로를 점령한 '황야의 무법자'가 된 기분이었다. 한참을 달려 풀이 우거진 좁은 길을 따라가다 보니 두나브 강가에 세워진 낡은 등대가 보였다. 이 지역은 독일에서 발원하는 두나브 강과 슬로베니아에서 발원하는 사바 강이 만나는 지점이다. 그 때문에 역사적으로 흑해를 거슬러오는 오리엔트 문명이 잠시 쉬었다 가는 곳이었고, 동유럽에서 생산되는 온갖 물자들이 이동하는 통로이기도 했으며, 드넓은 강을 이용한 군사방어선의 중심이 되기도 했다.

120년이 넘은 건물 한편에는 제2차 세계대전 때 이곳에서 경계근무를 섰던 나치 병사가 자신의 계급과 이름, 그리고 알 수 없는 키릴문자를 새겨놓은 흔적이 남아 있었다. 마치 낙서처럼 보이는 글자들을 한참이나 들여다봤지만 아무것도 읽어낼 수 없었다. 고개를 돌려보니, 그때나 지금이나 변함없을 푸른 강물이 유유히 흘러가고 있었다.

역사의 현장을 뒤로하고, 간단히 점심을 먹기 위해 들른 판체보 카페의 물가는 베오그라드 중심가보다 훨씬 저렴했다. 나무 사이로 스며드는 햇볕을 쬐며 앉아 향기로운 커피를 마시고 있으니 한 모금, 한 모금 더 행복해지는 것 같았다.

CHAPTER 13

BOSNIA&HERZEGOVINA

보스니아 헤르체고비나

시간은 흐르고, 삶은 계속된다

-

Sarajevo

Mostar

티토의 그림자,
하나의
유고슬라비아

| 비 내리는 사라예보를 호스트 보얀과 함께 거닐었다. 보얀은 멀리서 찾아온 여행자를 위해 기꺼이 함께 비를 맞는 수고를 감수해주었다. 삶의 풍경을 조금 더 가까이에서 관찰하고 싶어 찾은 허름한 골목시장에는 비 때문인지 문을 연 상점이 그리 많지 않았다. 미처 치우지 못한 판다 인형이 버려진 듯 앉아 비를 맞고 있었다. 갓 태어난 새끼 고양이들이 엄마 고양이 품에 안겨 있는 풍경을 보는 것만으로 만족해야 했다.

빗줄기는 점점 굵어졌다. 제1차 세계대전의 도화선이 된 사라예보 사건의 현장, 라틴 다리를 지나 보얀의 친구 집을 방문했다. 잠시 이야기를 나누는 사이 제법 많은 친구들이 찾아왔다. 그때부터 슬금슬금 분위기가 반전되기 시작했다. 비를 맞았지만 마음만은 지극히 건조했는데, 술이 한 잔씩 들어가자 저마다 말이 많아지고 웃는 횟수가 늘어났다.

흥겨운 시간을 보낸 뒤 트램을 타고 집으로 향하면서 종일 나눈 대화를 떠올려보니 가장 기억에 남는 것은 '티토'였다. 보얀의 친구 집 거실에는 큼직한 티토 초상화가 걸려 있었는데, 공산주의를 벗어난 보스니아 헤르체고비나에서 공산주의 독재자의 상징처럼 여겨지는 인물이 벽을 장식한 것이 몹시 흥미로웠다. 그것도 연령대가 높지 않은, 젊은 친구의 집에서 말이다. 티토의 어떤 점이 아직까지도 이 나라 사람들의 마음을 사로잡고 있는지 궁금했다. 그들의 대답은 이랬다.

"티토는 모든 것을 주었다. 모든 유고슬라비아 사람들은 티토를 좋아한다."

그렇다. 구 유고슬라비아 사람들은 대부분 티토를 좋아한다. 티토가 대단히 많은 것을 베풀었다고 생각하기 때문이다. 티토의 사회주의는 다른 동유럽의 그것과 많이 달랐다. 헝가리, 루마니아 등지의 사회주의 지도자는 모두 소련의 후광으로 정권을 잡았지만, 유고슬라비아의 티토는 독자적인 사회주의 운동을 벌여 정권을 잡았다. 즉 스탈린의 사회주의가 아닌 티토의 사회주의였다. 이는 곧 티토의 권력이 근본적으로 유고슬라비아의 대중들에게서 나왔음을 의미한다. 때문에 티토는 다양한 방법을 통하여 그들의 환심을 사기 위해 노력했다. 이를테면 주거지를 확충하고, 노후를 위한 연금을 보장했으며, 무상교육과 무상의료도 시행했다. 또한 티토는 다민족, 다종교로 이루어져 있는 유고슬라비아 구성원의 본질을 정확히 파악하고, 개개의 집단에 높은 수준의 자치권을 보장했다. 그러나 티토 사후 유고슬라비아가 쪼개지면서, 개개의 국가는 유럽에서 가장 궁핍한 처지에 놓이게 된다. 유고슬라비아 여권으로 서유럽의 어디는 당당하게 가던 시절이 있었지만, 현재 보스니아 헤르체고비나 혹은 알바니아의 여권을 보이면 혹시나 불법체류를 하려는 건 아닌지 의심의 눈초리를 받게 될 정도로 이들 나라에 대한 인식이 나빠졌다.

보스니아 내전 이후 경제 사정도 갈피를 잡지 못했다. 보스니아 헤르체고비나의 실질 실업률은 40퍼센트에 육박한다. 이날 파티를 함께했던 여덟 명의 친구들 중 정기적인 소득이 발생하는 일자리를 가지고 있는 이는 단 한 명뿐이었다. 대부분이 20대 후반에서 30대 초반의 경제활동인구였는데도 말이다. 직접적으로 티토 체제를 경험해보지 못한 이들이지만 현실에서 오는 박탈감이 과거의 영웅을 그리워하게 한 것이다.

나는 이곳에 오기 전에는 모든 구 유고슬라비아인들이 자신만의 민족으로 구성된 국가를 꿈꾸는 줄 알았다. 그런데 막상 이곳에 와서 많은 이들의 이야기를 들어보니, 오히려 하나의 유고슬라비아를 꿈꾸는 사람들이 많았다. 물론 그 하나의 유고슬라비아는 다양성이 존중되는 '티토식 유고슬라비아'를 의미한다. 이곳의 많은 이들이 상실감을 안고 산다. 삶의 질에서, 그리고 자존심에서 말이다.

티토 체제는 이들에게 일종의 유토피아이다. 더 나은 삶을 살았던 과거의 표상이자 초민족적 '하나의 유고슬라비아'의 강력함에 대한 상징이다. 만일 티토의 의지가 실현되었더라면 이 나라는 과연 어떤 모습이 되었을까⋯⋯.

Mostar 모스타르

이곳에
브루스 리가
있다, 아뵤!

모스타르로 향하는 길은 생각보다 평탄하지 않았다. 차는 잘 잡히지 않았고, 길은 예상보다 멀었다. 거리만을 따졌지, 꼬불꼬불한 길이라 차가 속도를 내지 못한다는 사실은 생각하지 못했다. 모스타르에 도착했을 땐 호스트와 만나기로 했던 시간을 이미 세 시간이나 지난 뒤였다. 게다가 늦은 밤이었다. 호스트가 알려준 주소를 찾아갔지만, 그가 몇 호에 사는지 알 수 없었다. 이런 상황을 전혀 예상치 못했기에 전화번호도 묻지 않은 상태였다. 여러모로 낭패였다.

어쩔 수 없이 다시 카우치서핑 사이트에 접속해 연락을 하기 위해 와이파이가 되는 카페를 찾아 한밤중의 모스타르를 헤매고 다녔다. 그때였다. 뒤에서 금발의 여자가 다가오더니 불쑥 내게 물었다.

"야, 너 이름이 뭐야?"

초면에 통성명을 요구하는 당찬 질문에 당황하여 잠시 머뭇거리니, 그녀

가 활짝 웃으며 뭐가 확신한 듯 다시 물었다.

"너 한국인이지?"

"어. 한국 사람…… 이야."

"카우치서핑인가 뭔가 하기로 하지 않았어?"

"응. 카우……."

이 친구, 내 말이 끝나지도 않았는데 속사포로 자신을 소개했다.

"난 니나라고 해. 네 카우치서핑 호스트 케이트의 친구야. 한참 동안 너 찾으려고 돌아다녔어. 어디 있었니? 도대체 왜 여기 있는 거야? 집으로 돌아가다가 배낭을 멘 수상한 사람이 길거리에 있기에 와봤지 뭐야. 피곤하진 않아? 밥은 먹었어? 근데 너 이름이 뭐라고 했더라?"

나는 그 많은 질문을 상기하며 하나씩 답을 했고, 그녀는 만족스러운 표정으로 나를 케이트의 집으로 데려갔다. 벨을 눌렀을 때, 케이트는 니나의 뒤에 서 있는 나를 보고 깜짝 놀라며 소리를 질렀다. 그리고 그 소리

에 놀라 방에서 또 한 명의 사람이 나오더니 나를 보고 대뜸 손가락질을 했다.

알고 보니 이 친구들, 내가 생애 첫 카우치서퍼였다. 약속한 시간에 맞춰 저녁을 만들어놓고 기다리다가 "걔가 길을 잃은 것 같아."라는 결론을 내고 모스타르 전역을 샅샅이 뒤졌다고 한다. 그렇게 노력했건만 나를 찾을 수 없었고, 연락도 안 됐고, 만들어놓은 수프는 다 식어버린 참담한 상황에 "걔가 사기를 친 것 같아."라고 다시 결론을 내고는 욕을 실컷 하다 또 한 번 지쳐서 휴식을 취하고 있는 중이었다.

설렘과 기대가 초조와 걱정으로, 다시 좌절과 분노로 바뀌어 화는 늦은 저녁 식사를 하는 동안에도 가시질 않은 듯했고, 나는 거듭된 사과와 적당한 농담으로 그들의 기분을 누그러뜨리는 데 총력을 다했다. 다행히 효과가 있었는지 식사가 끝날 무렵에는 케이트와 나에게 손가락질을 했던 사라까지 웃음을 되찾았다.

케이트와 사라는 크로아티아에서 모스타르로 유학을 온 학생들이었다. 저렴한 물가 덕분에 보스니아 헤르체고비나에서 대학에 다니는 크로아티아 학생이 상당히 많다고 했다. 그리고 이날 나를 구해준 니나는 크로아티아계 보스니아인이었다. 이후에도 몇몇 친구들이 집으로 찾아왔는데 모두가 크로아티아 출신 혹은 크로아티아계 보스니아인이었다. 내전이 끝났음에도 아직 민족 간의 보이지 않는 거리감이 존재하는 모양이었다.*

다음 날 케이트, 니나와 함께 모스타르 구경에 나섰다. 모스타르는 보스니아 내전 당시 보스니아계와 크로아티아계 간에 가장 치열한 전쟁이 벌어졌던 곳이다. 20년이라는 세월이 흐른 지금까지도 도시 곳곳에 고스란히 그 흔적이 남아 있었다. 이날 하늘은 구름 한 점 없이 파랬지만, 거리에는 폭격을 맞은 회색빛 건물들이 즐비했다. 건물에는 총탄 자국이 선명했고, 앙상한 철근과 부서진 시멘트가 그대로 드러나 보였다. 그 안에는 여전히 사람들이 살고 있었다.
케이트는 나를 버려진 건물 중 한 곳으로 데려갔다. 바닥엔 부서진 유리와 뜯긴 건축자재와 쓰레기가 가득했고, 군데군데 더러운 물이 고여 있

모스타르는 보스니아 헤르체고비나에서 가장 많은 크로아티아계가 살고 있는 도시이다. 내전 전 12만 명의 인구 중 35퍼센트가 보스니아계(이슬람교), 34퍼센트가 크로아티아계(가톨릭), 19퍼센트가 세르비아계(세르비아정교), 10퍼센트가 티토 체제하의 민족 혼혈 정책에 따른 유고슬라비아인, 그리고 2퍼센트가 기타를 차지했다. 보스니아 헤르체고비나 전체에서 보스니아계는 48퍼센트, 크로아티아계는 14퍼센트, 세르비아계는 37퍼센트인 것을 생각해보면, 모스타르에 유달리 크로아티아계가 많은 것을 확인할 수 있다. 이 때문에 모스타르에서는 내전 중 보스니아계와 크로아티아계 간에 가장 치열한 전쟁이 벌어지기도 했다.

었다. 조심조심 바닥을 살피며 걷다가 문득 고개를 들었다. 벽면에 화려하고 불규칙한 그라피티가 가득했다. 이 건물은 내전 이전에 모스타르에서 가장 큰 은행이었지만, 파괴된 이후로는 복구할 자본이 없어 도심 한복판에 그냥 방치되어 있다고 했다. 그렇게 버려져 아무도 신경 쓰지 않던 공간이, 정확히 그런 공간을 찾고 있었던 모스타르 젊은이들의 아지트가 된 것이다.

모스타르의 젊은이들은 상처가 남은 공간에서 오히려 그 상처를 보듬어가고 있었다. 때로는 그들끼리의 폭력으로, 때로는 누군가에 대한 사랑으로……. 건물을 한 층씩 오를 때마다 그라피티는 점점 화려해졌다. 사다리를 타고 옥상에 오르자 깨진 벽돌로 가득한 공간 한편에서 손을 맞잡은 채 난간에 앉아 있는 연인이 보였다. 옥상에서 내려다보는 모스타르는 현재의 생동감과 과거의 아픔이 함께하는 공간이었다. 생각보다 깔끔하게 정돈된 거리와 빨간 지붕의 집들 사이로 부서진 채 방치된 건물들이 보였다. 모스타르를 감싼 산의 정상에는 커다란 십자가가 있었다. 나는 저곳에 가보자고 케이트에게 제안했지만, 그녀는 진저리를 치며 거부했다. 시간이 오래 걸릴뿐더러 정해진 등산로 이외의 구역에 여전히 지뢰가 남아 있어 위험하다는 것이었다.

건물에서 내려와 근처 공원으로 향했다. 공원 입구엔 '축구 금지', '자전거 금지', '개 출입 금지'와 같은 표지판이 붙어 있었다. 그리고 공원 한가운데 다다랐을 때, 나는 내 눈을 의심했다. 저분이 내가 아는 그분이 맞나? 옆에서 케이트와 니나가 말없이 고개를 끄덕였다. 말하지 않아도 다

안다는 듯 미소를 띤 채…….

"도대체 브루스 리 동상이 왜 여기 있는 거야?"

"최소한 그는 이곳과 아무런 관계가 없잖아. 이 땅의 역사도 모르고, 누가 누구에게 희생당했는지도 모르고, 모슬렘도 가톨릭도 아니니까. 브루스 리는 늘 정의를 위해 싸워. 어떤 명분 때문이 아니라 그냥 정의만 보고 싸운단 말이야. 그런 거 생각하면 가슴이 뛰지 않아? 나는 우리가 왜 싸워야 했는지 잘 모르겠어. 하지만 더 이상 우리끼리 싸우면 안 된다는 것만큼은 분명히 알고 있지. 과거를 알든 알지 못하든, 이제는 그냥 모두가 앞을 보고 함께 나아갔으면 해."

공원의 동쪽은 모슬렘(보스니아계), 서쪽은 가톨릭(크로아티아계) 주민들의 거주지였다. 그리고 그 경계에 세워진 브루스 리 동상은 북쪽을 향하고 있었다. 마치 그가 함께 나아가야 할 곳을 향해 '아뵤~!'라는 힘찬 기합을 내지르는 것 같았다.

싸워야 할 대상은 서로가 아니라, 그들의 분열을 부추기는 불의이다. 나는 브루스 리가 뻗고 있는 손바닥에 하이파이브를 하며, 함께 '아뵤~!'를 외쳐주었다. 그들의 희망이 현실로 이뤄지기를 기원하면서…….

스타리 모스트Stari Most(옛 다리)는 모스타르의 상징이다. 모스타르라는 이름 역시 이 다리에서 비롯되었다. 다리 파수꾼Mostari에서 모스타르Mostar를 따온 것이다. 흥미로운 것은 다리가 먼저고 도시의 이름이 나중이라는 사실이다. 이 다리가 모스타르를 지탱했다고 해도 과언이 아니다. 네레트바 강을 연결하는 이 다리는 16세기 중엽 오스만튀르크에 의해 건설

되었다. 출발은 화합을 위해서였다. 다른 민족, 다른 종교는 이 다리를 통해 소통하며 함께 살아갈 수 있었다. 종교는 중요하지 않았다. 가톨릭교도인 세탁집 아들과 모슬렘인 찻집 딸내미가 함께 손을 잡고 이 다리를 거닐 수 있었다. 하지만 1993년의 내전은 모든 것을 바꿔놓았다. 가톨릭 소년은 함께 손을 잡고 걷던 모슬렘 소녀에게 총을 겨눴다. 수많은 총알과 폭탄이 다리를 관통했다. 양측에 끔찍한 희생만을 낳은 무의미한 전쟁이었다. 427년의 세월 동안 화합의 장으로서 함께했던 다리는 결국 무너지고 만다. 스타리 모스트의 끝은 분열 그 자체였다.

크로아티아계와 보스니아계의 충돌로 인한 폭격으로 무너진 다리는 새로 건설되었지만, 이들의 시간은 되돌릴 수 없었다. 하지만 삶은 계속된다. 그때도, 지금도 이들은 함께 살아가고 있다.

모스타르 시민들은 강으로 떨어진 스타리 모스트의 잔해에 'Don't Forget'이라는 글자를 새겨두었다. 다리가 무너지던 날을 이들은 잊지 못한다. 아니, 잊어서는 안 된다. 다른 종교, 다른 민족, 그에 따른 극심한 갈등을 모두 품어야 한다는 것, 결국은 함께 살아야 한다는 것을 말이다.

CHAPTER 14

CROATIA

크로아티아

아드리아해의 진주를 찾아서

-

Ploce

Dubrovnik

혼자만의 시간이 간절해진 순간

크로아티아 플로체 ──────→ 크로아티아 두브로브니크

어느덧 히치하이킹과 카우치서핑에 너무도 익숙해진 내 모습이 보인다. 여행은 틀에서 벗어나려는 것인데, 여행이 길어지고 만나는 사람이 늘어나면서 오히려 정형화된 틀을 따르고 있는 나를 발견하게 된 것이다. 경험으로 쌓인 습관에 따라 행동하고 있었다. 마치 어떤 이야기를 들려주면 상대가 즐거워하는지 너무도 잘 알기에 그 이야기만을 반복적으로 하고 있는 것처럼 말이다. 잠시만이라도 사람들과 떨어져 홀로 보낼 시간이 필요하다고 느꼈다. 내가 이번 여행에서 혼자만의 시간을 갖는 방법은 노숙을 하는 것이었다.

계획은 이러했다. 일단 크로아티아Croatia의 바닷가로 가서 걷고 자고 간간이 차를 얻어 타면서 아주 천천히 앞으로 가기로 했다. 그 길의 끝은 아드리아해의 진주라고 불리는 두브로브니크Dubrovnik. 상상만으로도 설렘이 밀려온다.

시작은 모스타르와 가까운 크로아티아의 플로체Ploce라는 작은 바닷가 마을이었다. 첫날부터 가볍게 노숙을 하고 두브로브니크를 가리키는 표지판을 따라 쭉 걸었다. '96킬로미터'에서 시작한 표지판의 남은 거리가 조금씩 줄어드는 재미가 있었다. 일부러 지도를 확인하지도 않았다. 우연찮게 무언가를 발견하는 즐거움을 누리고 싶었기 때문이다.

느린 걸음은 차를 타고 갈 때와는 다른 포근함을 준다. 스쳐 지나가는 것들에 조금 더 눈길을 줄 수 있었고, 마음에 드는 곳에 몇 시간이고 앉아 여유를 누릴 수 있었다.

아드리아해를 끼고 있는 길은 오르막길과 내리막길이 끊임없이 반복되었다. 슬금슬금 다리가 저려올 때쯤에서야 히치하이킹이 다시 간절해졌

다. 발칸반도에서 히치하이킹을 하며 알아차린 사실은, 이곳 사람들의 생활반경이 그리 넓지 않다는 것이다. 그런 곳에서 50~100킬로미터 떨어진 곳으로 데려다 달라는 사인카드를 들고 있으면 히치하이킹에 성공할리가 없다. 아주 짧게, 바로 앞의 마을까지만 가는 것으로 히치하이킹을 시도하면 그리 어렵지 않게 차를 구할 수 있을 것이라 판단했다. 첫 번째 히치하이킹으로 오푸젠Opuzen이라는 마을까지 도달할 수 있었다. 이곳은 사라예보, 자그레브Zagreb 등지에서 두브로브니크로 향하는 통로이다. 그래서 내 딴에는 단번에 히치하이킹을 할 수 있으리라 생각했는데, 차가 없다. 지나가는 차도 거의 없고, 멈춰주는 차는 전혀 없다.

도로 한가운데 앉아 있다가 지쳐 낮술을 했다. 근처 슈퍼에서 맥주를 한 병 사서 사인카드를 던져두고 한가롭게 여유를 즐기고 있으니, 한 아저씨가 다가와 이곳에서 두브로브니크로 가는 사람은 없다면서 고개를 흔든다. 이곳과 두브로브니크 사이에는 보스니아 헤르체고비나가 있어서, 국경을 두 번 넘어야 하기 때문이다. 그래서 두브로브니크 사인카드를 접어두고 국경에서 가장 가까운 마을인 클렉Klek이라고 쓴 사인카드를 만들었다. 그렇게 구간을 줄여 히치하이킹을 하니 어느덧 국경을 넘어 네움 Neum에 도달할 수 있었다.
네움은 보스니아 헤르체고비나에서 유일하게 바다와 맞닿아 있는 지역이라, 무역항이나 군사시설이 위치한 규모 있는 도시일 거라 생각했는데, 전혀 아니었다. 이곳을 거쳐 오면서 마주했던 수많은 바닷가 마을과 별다를 게 없었다. 바다엔 군함이 아닌 어선 몇 척과 양식장만이 존재했다.

네움에서 크로아티아 국경까지는 약 8킬로미터. 좁은 길을 걸으면서 지나가는 차에 엄지손가락을 들었지만 아쉽게도 멈춰주는 차는 없었다. 뭐어쩌겠나, 다시 걸어야지……. 날은 점점 어두워졌다. 해가 떨어지면 갓길이 없는 이곳은 대단히 위험해지기에 걷는 속도를 높였다. 다행히 아직 사물을 분간할 수 있을 때, 크로아티아 국경에 도착할 수 있었다.

차들만 통과하는 국경 심사대를 발로 걸어 지나갔다. 톨게이트를 걸어서 빠져나가는 기분이 들어 신선했다. 이제 해가 저물어서 더 이상 걷는 것은 위험하다. 국경 심사대 옆에 서서 이곳을 지나치는 차들에 마구잡이로 엄지손가락을 보였다. 한 차량이 반응해서, 국경에서 15킬로미터 떨어진 마을 자톤돌리Zaton Doli에 나를 내려주었다. 그곳엔 주유소가 있었다. 주유소에 들어오는 차마다 물어가며 두브로브니크까지 태워달라고 청했지만, 밤에는 원래 차주들이 그리 호의적이지 않은 법. 결국 계획(?)대로 이틀 연속 노숙을 하기로 했다.
다만 이곳은 노숙하기에 적당한 곳이 아니었다. 인적이 드문 외딴 마을이라 차가운 바닷바람을 피할 곳이 쉽게 눈에 띄지 않았다. 짓다 만 건물을 어렵게 발견했지만 아쉽게도 문이 잠겨 있었다. 그래도 이만한 곳은 없기에 주변을 서성여보니 버려진 책상이 보였다. 좁은 책상에 웅크리고 있으면 불편해도 최소한 춥지는 않을 것 같았다. 꼴이 조금 처량한 듯했지만, 책상 안은 생각보다 포근해서 다시 싱글벙글이 되었다. 좋일 걷느라 피곤했는지 눈을 감자마자 곧 잠에 빠져든다. 허리가 아파 가끔 깼다가도, 자세를 바꾸면 금세 다시 잠이 들었다.

거리에 대한 인식은 감각의 개념이다. 여행을 시작했을 땐 3킬로미터 정도만 되어도 꽤 멀게 느껴졌었는데, 이제는 10킬로미터 정도는 무난히 걸어갈 만한 거리가 되었다. 15킬로미터쯤 되어야 대중교통을 이용해야겠다는 생각이 든다. 경험은 한계를 넓혀주는 법이다. 해봤던 것은 결국 지표가 되기 마련이다.

노숙의 장점 중 하나는 누가 시키지 않아도 아침형 인간이 된다는 것. 해가 고개를 들기도 전, 어스름한 빛에도 저절로 눈이 떠진다. 그날의 기상은 정말 상쾌했다. 침대에선 열 시간을 자도 피곤한 감이 있었는데 길바닥에선 쉽게 원기를 회복하다니, 나란 놈은 노숙이 체질인가? 다시 일어나 걷는다. 걷다 보면 좀 더 나은 히치하이킹 포인트가 나올까 싶었는데, 기껏 발견한 것이 길가의 석류나무뿐이었다. 잘 익은 석류를 몇 개 따서 아침을 즐기고는 길가에 걸터앉아 히치하이킹을 시도했다. 역시나 이 동네는 차가 없다. 한 시간 만에 처음으로 나에게 다가오는 차가 보였다. 나는 아주 강렬한 눈빛을 보냈다. 운전자에게 최면을 건 것 같기도 하다.

"너는 반드시 멈춘다. 너는 멈춰 서서 반드시 나를 태운다. 레드썬!"

최면이 효과가 있었는지(?) 차가 멈췄다. 목적지를 물어보니 드디어 두브로브니크다! 두브로브니크행 표지판의 남은 거리가 줄어드는 만큼 차창 밖의 풍경은 점점 아름다워졌다.

모스타르를 떠난 지 서른여덟 시간. 두브로브니크 고성의 커다란 성문을 넘었을 때, 나는 마치 개선장군이 된 듯했다. 그간의 고생이 모두 씻겨 내려가고 마냥 좋아서 혼자 실실 웃었다. 수많은 관광객들이 만족스러워하는 아드리아해의 진주 두브로브니크이지만, 나에겐 훨씬 특별한 희열을 안겨주었다. 서른여덟 시간 동안 걷고, 히치하이킹하고, 노숙하며 얻은 희열이니까. 그간 생겨난 매너리즘도 이 희열과 함께 모두 씻겨 내려가는 듯했다.

[몬테네그로] '아드리아해의 진짜 진주'는 몬테네그로다. 내 눈에는 이곳이 흔히 아드리아해의 진주라고 불리는 두브로브니크보다 훨씬 더 아름다워 보였다. 한편 히치하이킹 도중 만난 한다와 넬라는 몬테네그로의 진짜 아름다움은 해안이 아닌 산의 풍경에 있다며 내 의견에 반박하기도 했는데, 그들의 말처럼 몬테네그로는 그 어원에서부터 이탈리어어로 검은 산이라는 뜻(Monte+negro)을 갖고 있는 곳이기도 하다.

여행을 하며 취향이 바뀌었다. 고양이를 좋아하게 된 것이다. 몬테네그로 부드바에서 나와 하룻밤을 함께 보낸 고양이는 특히나 기억에 남는다. 녀석은 내가 해변의 간이침대에 누웠을 때, 살포시 내 배 위로 올라 잠을 청했다. 그때만 해도 나는 이 녀석이 잠자는 내 얼굴을 할퀴면 어쩌나 걱정이 되었다. 그래서 겁을 주기도 하고, 쫓아내기 위해 달밤에 해변을 달리며 온갖 몸짓을 짓기도 했다. 누군가 멀리서 나를 봤다면, 귀신인가 미친놈인가 싶어 혀를 차고 지나갔으리라. 그렇게 몇 시간이나 사투를 벌었으나, 녀석은 포기하지 않고 나를 따랐다. 결국 나는 두 손 두 발을 다 들고 녀석과 함께 밤을 보냈다.

다음날, 히치하이킹을 위해 해변을 떠나 길을 걷는 와중에도 계속 나를 따라오던 녀석은 차가 많이 지나다니는 큰길에 다다르자 이내 떠나려 했다. 그러자 구질구질해진 쪽은 나였다. 손뼉을 치고 먹을 것을 흔들며 에타게 눈길을 실구했시만 냉정히 등을 돌리던 녀석. 아, 나는 하룻밤용 장남감이었나! 녀석은 또 다른 여행자를 만나 나에게 부렸던 온갖 애교를 보여줄 텐가.

272

CHAPTER **15**

ALBANIA
알바니아

시스템의 부재, 무기력한 희망

-

Elbasan

Elbasan 엘바산

왜 알바니아의
카페에는 늘
사람이 붐빌까?

알바니아는 히치하이킹하기 쉬운 나라에 속한다. 그 이유는 도로 사정 때문이다. 이날 내가 히치하이킹을 한 티라나Tirana - 엘바산 구간은 알바니아에서 가장 최근에 고속도로가 만들어진 곳이다. 그럼에도 제대로 포장되지 않은 곳이 수두룩하고, 심지어 고속도로에 리어카를 끌고 다니는 사람과 귤을 파는 아낙네도 있다. 차선의 개념이 모호해서 죄다 갓길이 될 수도 있기에, 고속도로를 따라 걸으면서 지나가는 차에 사인카드를 들기만 하면 된다. 이곳 사람들은 인심도 후하니 얼마 안 가 멈춰주는 차를 보게 될 것이다. 서유럽과는 달리 보통 말이 통하지는 않지만 목적지로 가는 데 별다른 불편함은 없다. 히치하이킹을 거듭하며 언어는 소통의 여러 도구 중 하나일 뿐이라는 사실을 절감할 수 있었다. 오히려 손짓 발짓으로, 그리고 마음으로 다가갈 수 있는 경우가 더 많았다.

엘바산의 호스트 셰리는 알바니아의 다른 청년들과 마찬가지로 부모와 함께 거주했다. 알바니아 사람들은 가족 간의 유대가 대단히 끈끈했고, 셰리 역시 건강한 가정을 꾸리는 것을 인생의 가장 큰 목표로 생각했다. 유럽이지만 문화적으로는 아시아와 분위기가 비슷했던 것이다. 그래서 셰리의 가족과 함께 보낸 며칠간은 마치 친척 집을 방문한 것처럼 따뜻하고 편안했다. 식탁에는 늘 푸짐한 음식이 놓여 있었고, 커피를 마시며 셰리의 부모님들과도 많은 대화를 나누었다.

늦은 밤엔 셰리와 함께 카페를 찾았다. 엘바산에서 가장 높은 건물에 있어 도시의 전경을 둘러볼 수도 있고, 보드게임을 하면서 시간을 보낼 수도 있는 곳이었다. 카페 안에는 이미 자리를 찾기 어려울 정도로 많은 청년들이 앉아 있었다. 이곳에 오기 전에 들렀던 알바니아의 수도 티라나에서도 평일 낮부터 거의 모든 카페에 사람들이 바글바글 앉아 있던 것이 인상 깊었는데, 왜 이렇게 유독 알바니아 사람들이 카페를 좋아하는지 궁금했다.

"왜 알바니아에는 카페에서 시간을 보내는 사람이 이렇게 많은 거야? 티라나에서도 다들 이랬거든."

"그럴 수밖에 없어. 우리에겐 카페 말고 달리 시간을 보낼 수 있는 수단이 없거든. 너는 여가시간에 여행이나 다른 할 일이 많겠지만, 우리는 할 수 있는 게 별로 없어."

셰리는 착잡한 듯 말을 이어갔다.

"일자리도 마찬가지야. 나는 졸업하고 뭘 해야 할지 잘 모르겠어. 친구들도, 선배들도 일을 구하기 어렵더라고. 우리에겐 별다른 기회가 없어."

엘바산 곳곳에는 로마시대의 유적들이 그냥 방치되어 있다. 길을 새로 만들려고 바닥을 다지다가 로마시대의 유적이 발굴되어 공사를 멈추기도 했다. 대부분은 관리가 안 되고 있는 실정이다. 유적에 쓸 예산이 턱없이 부족한 것도 있지만, 알바니아인들의 삶의 우선순위에서 고대유적은 그리 큰 비중을 차지하지 않고 있는 것 같아 보였다.

알바니아의 공식적인 실업률은 13.3퍼센트(2012년 기준)이지만, 실제 체감률은 훨씬 높다고 한다. 청년들은 공부를 마치고도 일자리를 구할 수 없어 기껏해야 근처 레스토랑이나 바에서 매우 낮은 임금을 받고 아르바이트를 하는 경우가 대부분이다. 때문에 생계에 떠밀린 알바니아인들은 오스트리아나 독일 등지로 나가 불법체류를 하거나 3개월의 관광비자를 받아 불법노동을 하는 경우가 많다고 한다. 아니면 아예 마피아 같은 범죄 조직에 가담하는 경우도 종종 있다고 하는데, 그 말을 들으니 영화 〈테이큰〉에서 리암 니슨의 딸을 납치한 범죄 조직이 알바니아 마피아였다는 것이 떠올랐다.

알바니아는 냉전 시절, 동유럽의 공산주의 국가 중에서도 가장 폐쇄적이고 낮은 수준의 경제 체제를 지니고 있었다. 1991년 이후 자본주의 체제를 도입했으나 상황은 크게 달라지지 않았다. 다수의 국민들은 '투자'와 '위험'이라는 개념도 외면한 채 높은 수익률만 보고 다단계에 빠지기도 했는데, 이것이 1997년 200만 명의 피해자를 낳은 알바니아 피라미드 금융사기 사건이다. 당시 알바니아의 인구가 330만 명이었던 걸 감안한다면, 200만 명이라는 숫자는 사실상 거의 모든 경제활동인구가 이 사기 사건에 관여했음을 의미한다. 많은 재산을 날린 국민들의 분노는 시위를 낳았고, 이것이 내전으로 이어져 알바니아 남쪽 지역은 한동안 국가의 통제에서 벗어나기도 했다.

중요한 것은 사건 이후의 조치가 명확히 이루어지지 않아 지금까지도 악순환의 고리에서 벗어나지 못한 가계가 많다는 점이다. 금융 투명성이 확보되지 않은 것은 물론이고, 지하경제 비율이 전 유럽에서 가장 높은 수준이기도 하다. 또한 이웃 국가인 그리스나 바다 건너 이탈리아와 크게 비교되는 경제 격차는 국민들에게 상실감을 불러일으켰다. 알바니아 거리에서는 복권을 파는 상점 앞에 길게 줄을 서 있는 사람들을 자주 볼 수 있었는데, 아마도 이 모든 상황과 무관하지 않을 것이다.

나는 셰리와 대화를 나누며 알바니아 젊은이들의 무력감을 느꼈다. 무언가를 해보겠다는 의지는 사라지고 체념하는 데 익숙해진 모습이었다. 원인은 이 나라의 시스템에 있다. 나라의 시스템은 국민들의 사고를 규정한다. 반복된 좌절은 무력함을 낳는다. 이 무기력에 익숙해지면 사회는 어둠의 구렁텅이로 빠진다. 나는 한국에서도 내 또래의 젊은이들을 짓누르는 무기력감을 느낀 적이 있다. 이상과 현실의 괴리감을 극복하지 못해 생기는 것들이었다. 아무리 노력해도 기득권이 촘촘하게 쌓아 올린 벽을 넘어설 수 없으리라 체념하는 모습이었다.

알바니아나 한국이나 더 나은 시스템의 정착이 필요해 보인다. 사회 구성원들에게 가능성을 열어주고, 노력에 걸맞은 정당한 대가를 얻을 수 있다는 확신을 줄 수 있도록 말이다.

CHAPTER 16

MACEDONIA

마케도니아

존엄한 사랑은 소박함에서 피어난다

-

Skopje

Skopje 스코페

소소한 행복에
감사할 줄
아는 사람들

"마케도니아는 작지만, 마케도니아인은 큰마음을 가졌지."
스코페로 가기 위해 히치하이킹을 하고 있을 때, 갑자기 쏟아진 폭우에
쫄딱 젖은 나를 도와준 주유소 직원이 한 말이다. 그는 추위에 떨고 있는
나에게 따뜻한 커피를 권했고, 내가 고맙다고 하자 자신의 심장을 가리
키며 이렇게 말했다.

마케도니아로 넘어온 이래 줄곧 이곳에서 만난 사람들은 참 친절하고 정
겨웠다. 물론 그건 알바니아인들도 마찬가지였지만, 그곳에서는 어딜 가
나 낯선 동양인을 뚫어져라 쳐다보는 시선 때문에 불편했다. 그러니 마
케도니아 사람들은 낯선 동양인에게 별다른 시선을 주지 않았다. 내심
눈이 마주치면 환히게 웃어주었고, 내가 멍하니 시시 구변을 두리번거리
고 있으면 먼저 나서서 도와줄 것이 없느냐고 물었다.

286

시장 구경을 좋아하는 나는 마케도니아에서도 바자르에 들렀다. 들어서
자마자 사진을 찍어달라는 사람들이 참 많았다. 이를 마다할 내가 아니
다. 한쪽 무릎을 꿇고 사진기를 들이대니 더 많은 사람들이 관심을 갖고
주위를 에워쌌다. 노점에서 머플러를 판매하던 청년이 내게 다가와 머
플러를 둘러주며 환한 미소를 보였고, 담배를 파는 중년의 아저씨는 자
기 친구를 찍으라며 친구의 머리를 카메라 앞에 대주기도 했다. 얼떨결
에 카메라 앞에 서게 된 아저씨는 수줍은 미소를 보이면서도 렌즈에서
눈을 피하지는 않았다. 바자르에는 사람 사는 맛과 멋이 있다. 인위적으
로 만들어진 것이 아닌, 지극히 자연스러운 모습 말이다. 이곳에 처음 들
른 여행자는 낯설면서도 낯설기 않은 느낌을 받았니. 풍경은 신선미지
만 마음만은 친숙했다.
바자르 내부로 더 들어갔다. 수많은 인파가 규칙과 불규칙을 오가며 움

직였다. 나는 오늘 먹을 싱싱한 과일을 고르고, 그 속에서 흥정을 하는 사람들을 곁눈질하고, 지붕의 작은 틈으로 들어오는 빛의 윤곽을 살피며 여유로운 시간을 보내고 있었다. 그때 한 아이가 내 앞을 빠르게 스쳐 지나갔다. 그 뒤로 한 아저씨가 소리를 지르며 쫓아갔다. 아이가 노점 좌판에 있던 껌을 훔쳐서 달아난 모양이었다. 쫓고 쫓기는 추격전이 어떻게 진행될지 궁금해서 그들을 따라가려는 찰나, 앞서 달려가던 아이가 멈추더니 머리를 긁적이며 아저씨에게 훔친 껌을 도로 건넸다. 나는 곧 따끔한 질책이 이어지리라 생각했는데, 주인아저씨는 껌을 돌려받곤 별일 아니라는 듯 다시 온 길로 되돌아갔다. 주변에 있던 상인들도 그저 허허 웃을 뿐이었고, 꼬마 도둑은 '오늘은 좀 안 되는 날이구나!'라는 표정을 지으며 천천히 그곳을 빠져나갔다. 응당 경찰이나 경비가 출동해 소동을 마무리 지으리라 여겼던 내 예상이 무색해지는 순간이었다.

어느덧 배가 고파져 바자르 한편에 자리 잡은 식당에 들렀다. 손보다 더 큰 햄버거가 고작 한화 600원 정도라 가격에 한 번, 맛에 또 한 번 감탄하며 창밖을 내다보니 터키의 민속악기 바을라마를 연주하는 할아버지가 보였다. 이내 한 아저씨가 다가오더니 지폐를 한 장씩 차례차례 넣어주며 춤을 추기 시작했다. 주변을 거닐던 아주머니도, 그 옆에서 양배추 칼을 팔고 있는 상인도 그 춤판에 참여했다. 춤을 추던 아저씨는 흥에 겨운 듯 노래를 부르기도 하고, 연주를 하고 있던 할아버지의 손을 잡고 군무를 추기도 했다. 그들은 거창하지 않지만 이웃과 함께 정을 나누는 법을 알고 있었다. 정겨운 그들의 모습을 보고 있자니 내가 너무 각박하게 살아가고 있는 건 아닌가 싶었다.

이어 스코페의 중심에 있는 마더 테레사 기념관으로 향했다. 기념관을

둘러보며 왜 이곳에서 마더 테레사와 같은 인물이 태어났는지 곰곰이 생각해봤다. 테레사가 태어날 당시의 스코페는 수많은 민족과 종교가 한데 어우러진 곳이었다. 테레사 역시 아버지는 아르메니아계, 어머니는 알바니아계이다. 당시의 스코페는 오스만튀르크의 지배하에 있었고, 독립한 이후에는 다시 불가리아의 지배를 받았다. 그 상황이 얼마나 혼란스러웠을지 짐작이 간다. 그런 혼란 속에서 자신을 바로 세울 수 있는 방법은 어쩌면 종교에 대한 신앙심이 유일하지 않았을까.

마더 테레사가 우리 가슴속 깊이 남아 있는 이유는 가장 낮은 위치에서 사랑을 베풀었기 때문이리라. 테레사 수녀는 안정된 교회에서 벗어나 가난하고 병든 사람들이 모인 콜카타Kolkata 거리에 자신의 몸을 맡겼다. 검은 수녀복이 아닌, 인도의 가장 미천한 여인들이 입는 흰색 사리를 입고

말이다. 건물을 짓거나 학교를 세우는 거창한 사업을 벌이진 못했지만, 병든 자에게 죽을 떠먹여주고 피 흘리는 자에게 붕대를 감아주었다. 소박하지만 따뜻한 사랑이었다. 작지만 가장 절실히 요구되는 문제들을 보살펴주려 한 것이다.

사랑은 가장 가까운 사람,
가족을 돌보는 것에서부터 시작됩니다.

만일 당신에게 백 명을 먹여 살릴 능력이 없다면,
단 한 사람에게만이라도 좋으니 베푸십시오.

가난한 사람들이 고통스러워하는 가장 큰 이유는
물질이 아닌 사랑의 빈곤 때문입니다.

우리 모두 미소 지으면서 만납시다.
미소는 사랑의 시작이기 때문입니다.

마더 테레사가 했던 말들을 떠올려보면 남을 돕는 행위를 거창하게 생각할 이유가 없음을 알게 된다. 가장 따뜻한 사랑은 내 가족, 내 이웃 등 나와 가까운 대상에서부터 출발하는 것이고, 백 명을 돕기 위해 기다리는 게 아니라 지금 당장 단 한 명이라도 돕는 것이다. 자기가 할 수 있는 범위에서 최선을 다해 사랑하는 것, 그것이 최고의 사랑이라는 그녀의 메시지를 이곳 스코페에서 마음에 새겼다.

[불가리아, 부노보] 이곳에서 만난 호스트 이보는 발칸산맥 중턱의 자그마한 산장에 살고 있다. 오를 때는 낙엽이 바스락거리던 산길이, 내려가려 한 날에는 폭설이 한 뼘 만큼 내려 온통 하얗게 폭신거렸다. 움푹 빠지는 발이 눈에 갇혔다. 눈이 단단해질 시간이 하루 더 필요했다. 그 시간 동안 나는 그저 하루치의 장작을 더 패기만 하면 됐다. 이것이 산속에서의 유일한 일과였으니…….

CHAPTER 17

ROMANIA

루마니아

집시의 삶을 마주하다

-

Bucharest

단돈 100만 원으로 집을 살 수 있다고?

불가리아 소피아 ─────→ 루마니아 부쿠레슈티

불가리아의 수도 소피아Sofia에서 루마니아의 수도 부쿠레슈티Bucuresti까지는 384킬로미터로 꽤 먼 거리였지만, 국경도시 루세Ruse로 가는 차가 많기에 히치하이킹이 어렵지는 않으리라 판단했다. 느지막이 일어나 소피아의 호스트와 아침 식사를 한 뒤, 버스 정류장으로 향했다.

정류장에서 루세 방향 고속도로로 향하는 시내버스를 기다리고 있는데, 내 옆으로 배낭을 멘 불가리아인이 다가왔다. 분위기로 보아하니 히치하이커인 것 같아서, 슬쩍 말을 걸어보니 역시나 히치하이커였다. 어디로 가는지 물어보니, 목적지는 다르지만 방향은 같았다. 내가 말이 통하는 현지인 히치하이커보다 나을 수는 없는 노릇. 원래 계획해둔 히치하이킹 포인트를 포기하고 이 불가리아인 히치하이커와 함께하기로 했다.

원래 고속도로 한복판에서 히치하이킹을 시도하는 건 그리 바람직한 일이 아니다. 차량 속도가 워낙 빨라 멈춰주는 차량도 그리 많지 않고, 위험하기 때문이다. 그러나 이 불가리아인 히치하이커는 대수롭지 않은 듯 히치하이킹을 시도했다. 그리고 얼마 뒤 빠르게 달려오던 차 한 대가 저 멀리 멈춰 섰다. 아, 홈그라운드의 위엄이란······.

불가리아 플레벤Pleven으로 가는 방향에서 이 동료와 헤어지고, 운 좋게도 바로 루세로 향하는 차에 동승할 수 있었다. 창밖으로 펼쳐지는 끝없는 평야. 산이 많은 나라에서 자란 탓인지 지평선을 보고 있으면 마음이 꽤나 설렌다. 며칠 전 내린 눈으로 하늘과 땅의 경계가 희미한 설백의 평원이라면 더더욱······.

가도 가도 끝이 없는 광활한 평야를 보고 있으니 이 나라의 농업경쟁력

에 대해서 생각하지 않을 수 없었다. 불가리아 전체 토지의 45퍼센트가
량이 농지다. 그리고 토지의 시세가 매우 저렴하다. 루세까지 나를 태
워준 토도르는 고향에 있는 자신의 집 역시 매우 저렴하다며(사실 '공짜'
라고 표현했다), 넓은 마당이 딸린 1층짜리 집이 우리나라 돈으로 100만
원 정도라고 했다. 순간적으로 이곳에 정착해 농사를 지어볼까, 하는 충
동에 휩싸였다. 불가리아의 농촌지대 땅값은 평균적으로 1제곱미터당
0.4~0.6유로 정도로 유럽에서 가장 저렴한 축에 속한다. 근처 루마니아
와 비교해봐도 절반 정도의 가격이라고 한다. 그럼에도 토지생산성은 최
상급이고, 유럽연합 가입국이기에 농작물을 수출할 수 있는 창구도 마
련되어 있다. 기업농에게는 꽤나 큰 기회가 될 수 있는 곳이 불가리아라
는 생각이 들었다.

토도르는 루마니아로 향하는 우정의 다리 앞에 나를 내려주었다. 참고
로 루마니아와 불가리아의 국경 검문소는 상대편 나라에 함께 위치하고
있다. 그러니까 불가리아에서 루마니아로 넘어갈 때는 루마니아에서, 루

마니아에서 불가리아로 넘어갈 때는 불가리아에서 함께 검문을 하는 것
이다. 대신 각 국가에서는 차량에 통행료를 징수하는 창구(정확히는 고속
도로 이용허가 스티커를 구매하는 곳)를 운영하고 있다. 사람은 다리를 그냥
건너가도 되는데, 걷기엔 좀 먼 거리다. 게다가 해가 지려고 해서, 이곳
에서 부쿠레슈티까지 가는 차를 히치하이킹하기로 했다. 스티커를 사려
고 멈춰 있는 차들의 번호판을 보니 죄다 부쿠레슈티를 의미하는 B가
적혀 있었다. 부담 없이 몇몇 차주에게 물어보았지만 별 소득이 없었는
데, 갑자기 경찰이 다가왔다. '윽! 쫓겨나는구나.'라고 생각하고 있었는
데, 내게 어디로 가느냐고 물어보곤 직접 같은 목적지의 차를 잡아서 태
워줬다. 그것도 한 번에! 그렇게 해서 무사히 부쿠레슈티 외곽에 도착했
다. 도심으로 걷다 보니 어쩐지 도시가 떠들썩했다. 멀리서 폭죽 소리가
들렸고, 거리에는 루마니아 국기를 단 차량들이 지나갔다. 알고 보니 이
날은 루마니아 통일기념일이었다. 이 도시에서는 또 어떤 일이 기다리
고 있으려나……

집시의 공간,
　　　날것의 감정을
품은 사람들

　| 부쿠레슈티의 호스트 라루카는 사진작가 지망생으로, 사진에 대한 다양한 정보를 가지고 있었다. 덕분에 마침 이곳에서 열리고 있던 요제프 쿠델카의 '프라하의 봄' 사진전 관람을 비롯해, 루마니아와 동유럽의 뛰어난 감각을 지닌 사진작가들의 작품도 접할 수 있었다. 그녀에게 이곳 삶의 모습을 좀 더 특별하게 담을 수 있는 곳이 있는지 물어보니 페렌타리Ferentari라는 지역을 알려주며 사진을 보여주었다. 사진 속의 풍경은 루마니아에서 내가 간절히 보기를 원했던 바로 그 모습이었다. 사진에서 눈을 떼지 못하는 나를 보며 그녀가 말했다.

"그런데 여기 부쿠레슈티에서 가장 위험한 곳이야. 집시들이 거주하고 있고, 마약 밀매, 매춘, 마피아의 본거지이기도 해."

"그래? 너는 여기 가봤어?"

"한 번. 근데 혼자 가지는 않았어. 아! 내 친구한테 연락해볼게. 혹시 같

이 가줄 수도 있으니까."

하지만 라루카의 친구들 역시 이곳에 가기를 주저했다. 사실 나는 사진을 본 순간부터 이미 그곳에 혼자라도 가야겠다고 마음을 먹은 상태였다. 유럽을 여행하며 가끔씩 마주친 집시들의 삶을 조금 더 생생히 느끼고 싶었기 때문이다.

다음 날, 약간의 긴장감을 품고 페렌타리로 향했다. 혹시라도 불미스러운 일이 발생하면 어떻게 도망갈지 상상해보며 이미 묶여 있는 신발 끈을 풀어 다시 한 번 꽉 조이기도 했다. 그러나 그 긴장이 무색하게도, 내가 페렌타리에서 제일 먼저 본 풍경은 길거리에 누워 있는 할아버지 노숙자에게 동전을 건네는, 다리를 저는 할머니의 모습이었다. 그리고 기대(?)와는 달리 이곳의 주민들은 나에게 별다른 관심을 주지 않았다. 가끔 쓰레기를 뒤지던 거대한 유기견 무리가 짖거나 따라오면서 위협을 가하긴 했지만 말이다.

부쿠레슈티의 유기견은 일반적으로 생각하는 애완견 수준이 아니다. 정말 크고 사나운 개들이 도심에서도 간간이 늑대처럼 떼 지어 다니며 도로를 점령하는 모습을 볼 수 있었다. 2013년에만 개에게 물려 병원을 찾은 부쿠레슈티 시민이 만 명 이상이고, 개에게 물려 죽은 어린이가 열 명이 넘는다고 하니, 이들이 얼마나 위협적인 존재인지 실감할 수 있을 것이다. 부쿠레슈티 시는 이 개들을 모두 도살하려고 했으나, 헌법재판소에서 누살 법안을 위해 싸설하면서 이 문제를 해결할 수 있는 싶이 요워해졌다고 한다. 보호시설을 만들기엔 재정적으로 어려운 상황이라고 하니, 여간 골치 아픈 문제가 아닐 수 없다.

개를 경계하며 조금 더 깊은 곳으로 들어갔다. 거리의 풍경이 이곳의 거칠고 빈곤한 삶을 말해주었다. 낡은 시소와 줄이 끊어진 그네가 있던 공원에는 '1997~2001'이라고 적힌 무덤이 하나 있었다. 가난한 아이의 마지막 쉼터 같았다.

그렇게 경계를 넘어 그들의 삶 속으로 들어갈수록, 나를 주시하는 시선이 늘어갔다. 이내 나를 따라다니는 집시 아이들이 생겨났다. 일반적으로 집시들은 사진 찍는 것을 달가워하지 않는다는 이야기를 들은 적이 있었는데, 이 아이들은 내 카메라를 보고는 먼저 사진을 찍어달라고 했다. 자신이 찍힌 사진을 보고 환하게 웃으며 같이 집으로 가자고 내 손을 잡아당겼지만, 나는 선뜻 그 아이의 초대에 응할 수가 없었다. 한 번쯤 집시의 삶에 조금 더 깊이 다가가는 기회가 있었으면 했지만, 막상 그 기회가 오니 용기가 나질 않았던 것이다. 여행 중 거의 모든 초대에 응했던 나였지만, 이곳에서는 아직 마음의 준비가 되어 있지 않았다. 아이들 주변에 있던 다른 집시들의 매서운 눈초리는 딱 거기까지가 여행자로서 위험을 감수할 수 있는 한계라고 말해주는 듯했다.

그 이후로도 몇몇 집시들을 만났다. 나와 눈이 마주쳤을 때 활짝 웃으며 인사하는 아주머니도 있었고, 다짜고짜 다가와 툭툭 치며 시비를 거는 아저씨도 있었다. 돈을 달라는 청년도 있었고, 내게 이리 와보라며 손짓하는 노숙자도 있었다. 세상 어느 곳과 마찬가지로 따뜻한 사람도, 차가운 사람도 있었다.

나는 쓰레기 더미가 즐비한 길을 걸으며 그간의 경험들을 떠올렸다. 물질적으로 풍요롭지 않은 곳에서 만났던 사람들은 대개 양극의 인상으로

남아 있다. 돌을 던지거나 때리고 도망가거나 소매치기를 당하기도 했지만, 스쳐 지나가는 나에게 술과 밥을 권하거나 귀여운 아이를 품에 안겨주거나 따뜻한 미소를 보여주기도 했다. 몹시 차갑거나 따뜻했던, 양극단의 기억이 함께했다.

그것은 아마도 그들이 순수한 사람들이기 때문일 것이다. 사회 속에서 우리는 예절과 질서를 지키고, 그에 맞게 자신의 감정을 숨기도록 요구받고 교육받는다. 서로의 경계를 넘어서는 안 되고, 내 감정을 그대로 표출하기보단 에둘러 표현하는 것이 예의이다. 그러나 이들에게 감정은 그대로 꺼내 보여야 할 본능이다. 예를 차리기보단 꾸밈없이 사람을 대하는 데 익숙하다. 우리가 그들의 공간에서 위협을 느끼는 이유는 바로 이 차이 때문이 아닐까. 이 선은 넘지 말아야 하는데 쉽게 넘어와버리고, 그

감정은 담아둬야 하는 것인데 망설임 없이 바로 표현해버리니 말이다.
그 속에서 생긴 오해와 편견으로 그들을 규정짓고 내 스스로 울타리를
친 것은 아니었을까?
집에 도착할 때쯤에야 페렌타리에서 만난 집시들에게 더 열린 마음으로
다가갔어야 한다는 아쉬움이 엄습했다. 내가 쳐놓은 울타리가 높아 그
들이 쉽게 넘어오지 못했고, 그들이 넘어왔을 때는 내가 선뜻 손을 잡아
주지 못했다. 누군가에게 좋은 사람이 되는 건 어려운 일이 아니다. 그저
그의 손만 잡아줄 수 있으면 된다. 길 위의 나에게 도움의 손길을 준 사
람들, 모두 나에게 와 좋은 사람이 되었다. 아직 나는 내공이 부족한 모
양이라고 생각하면서도 그나마 위안이 되는 건 아직 여행의 시간이 남
아 있다는 사실이었다.

CHAPTER 18

TURKEY
터키

여행의 끝, 그리고 다시 시작

-

Istanbul

Malatya

Diyarbakır

Batman

Erzurum

트럭을 타고 이스탄불로 가자!

루마니아 부쿠레슈티 ──────→ 터키 이스탄불

그간 히치하이킹을 하며 만난 화물 트럭들은 모두 침대칸을 가지고 있었다. 나는 불편해 보이지만 신기하기도 한 그 침대를 보며 꼭 한 번쯤은 트럭에서 잘 수 있기를 바랐다. 그리고 터키로 향하는 날, 드디어 그 기회가 왔다. 루마니아 부쿠레슈티에서 터키 이스탄불Istanbul까지의 거리는 약 700킬로미터. 중간에 하룻밤을 묵어야 하는 일정이었다. 게다가 루마니아와 불가리아의 국경지대에는 유난히 터키 국적의 트럭이 많다는 것도 확인했다. 이번에야말로 트럭 침대칸에서 잠을 자볼 수 있는 기회였다. 이른 아침 <u>호스트</u> 라루카의 집을 떠나 루마니아의 국경도시 지우르지우Giurgiu에 당도했다. 그곳에서 몇 발자국 걷지도 않았는데 트럭 한 대가 뒤에서 빵빵 경적을 울렸다. 돌아보니 타라며 손짓을 하는 아저씨가 보였다. 이건 뭐, 시도도 안 했는데……. 이스탄불행 트럭은 그렇게 운명처럼 다가왔다.

트럭 기사 레셉은 매우 유쾌한 사람이었다. 그간 만난 대부분의 트럭 기사들이 촬영을 별로 반기지 않아 기회가 없었는데, 레셉은 먼저 나서서 다양한 표정과 포즈로 사진을 찍어달라고 요청했다. 그는 자신의 트럭에 상당한 애착을 가진 듯, 트럭을 배경으로 여러 장의 사진을 찍곤 바로 사진을 보내달라고 했다.

험한 발칸 산맥을 넘어 노바자고라Nova Zagora에 도착한 때는 이미 한밤중이었다. 레셉은 이곳에 있는 터키 기사 쉼터에 트럭을 세웠다. 쉼터에서 저녁을 즐기던 다른 트럭 기사들은 내게 상당한 관심을 보였다. 이곳에 어떻게 오게 되었는지, 그리고 왜 트럭에 타고 있는 것인지에 대해 질문이 끊이질 않았다. 연예인이라도 된 듯 쉼터 안의 거의 모든 기사들과 함께 차례차례 사진을 찍고 나서야 비로소 저녁을 먹을 수 있었다. 식사를

마치고 천천히 쉼터를 둘러보다가 한 가지 흥미로운 점을 발견했다. 이곳에는 두 대의 텔레비전이 있었는데, 한쪽에서는 여느 휴게소와 다를 바 없이 뉴스가 나오고 있었다. 문제는 다른 한 쪽이었는데, 거기서는 버젓이 야한 동영상이 상영되고 있었다. 이 충격적인 광경에 주변을 둘러봤지만 누구도 개의치 않는 눈치였다. 길 위에서 생의 대부분을 보내는 외로운 트럭 기사들을 위한 일종의 배려(?)로 보였다. 어차피 터키 뉴스를 알아들을 수도 없었던지라 어쩔 수 없이 그쪽으로 눈길이 향했다.

자정 무렵 트럭으로 들어가 침대에 누웠다. 커튼을 치고 히터를 켜니 생각보다 포근하다. 별이 쏟아지는 불가리아의 평원, 한 번도 경험해보지 못한 트럭에서의 밤. 한참 꿀잠을 자던 도중 쾅쾅 문을 두드리는 소리에 눈을 떴다. 시계를 보니 새벽 4시. 쉼터 주인이 트럭 기사들을 깨우는 시간이다. 잠시 화장실에 들렀다 바로 출발했다. 자는 시간이 귀하면 귀했지, 씻는 시간이 귀하지는 않다.

노바자고라에서 터키 국경까지의 도로 사정은 발칸 산맥을 넘을 때보다 훨씬 양호했다. 6시 무렵, 우리는 터키 국경에서 3킬로미터 정도 떨어진 곳에 멈춰 섰다. 더 이상 앞으로 나갈 수 없었다. 수많은 트럭들이 국경을 넘기 위해 대기하고 있었기 때문이다.

레셉이 나를 툭 치더니 아침을 먹자고 했다. 트럭 옆에 달린 창고를 여니 온갖 먹을거리와 조리도구가 보인다. 물을 끓여 차이를 내리고, 빵과 올리브, 치즈를 곁들인 터키식 아침 식사를 즐겼다. 찬 바람이 부는 길가에서 마시는 따뜻한 차이가 꽤나 특별했다. 든든히 배를 채우고 트럭에 들어가 잠시 눈을 붙였다. 두 시간 정도가 지나서 레셉에게 물었다.

"언제쯤 국경을 넘을 수 있어요?"

"응? 나도 몰라. 오늘 밤이 될지, 내일이 될지."

확실한 것은 이 트럭을 타고 오늘 안에 이스탄불에 갈 수 없다는 사실이 었다. 결국 레셉과 작별 인사를 하고 걸어서 국경을 넘었다. 그러곤 다른 트럭을 히치하이킹하여 이스탄불로 향할 수 있었다.

이스탄불의 첫인상은 아비규환 그 자체였다. 톨게이트로 진입하자마자 교통지옥이 펼쳐졌던 것. 도로에 그어진 선은 아무런 의미가 없었다. 여 기저기서 차량들이 끼어들었고, 꼬리물기는 당연시되었다. 무질서로 인

해 어마어마한 혼란이 야기되었다. 응급차가 요란한 소리를 내며 다가와도 아무도 비켜줄 생각을 하지 않았다. 창밖으로 들리는 터키어는 온통 욕뿐인 것 같았다. 이스탄불 근처 톨게이트에 도착한 시각이 오후 3시였는데, 그 뒤 50분 동안 겨우 200미터 정도를 움직일 수 있었다. 그사이에 세 건의 교통사고를 보았고, 차창 너머로 쓰레기가 버려지는 광경을 수차례 목격했다. 4시가 조금 넘어 가까스로 이스탄불 땅에 발을 디딜 수 있었다. 혼이 나갈 듯한 정신을 추스르며 트램을 타고 도심으로 향했다. 다행스럽게도 무질서와 혼란을 거듭한 끝에 발을 디딘 이스탄불은 내 첫인상을 모조리 지워버릴 만큼 아름다운 풍경을 선사했다. 그리고 그 속에서 만난 사람들은 그 풍경보다 더 아름답고 포근했다.

[터키, 이스탄불] 유럽사이드와 아시아사이드로 나뉜 곳답게, 기언스럽게 융화된 도시 문명에 터키 고유의 문화까지 적절히 녹아든 아름다운 도시 이스탄불. 마치 '반반 무 많이' 같은 느낌이었달까. 그 중에서도 내가 가장 사랑한 곳은 발라트Balat 지역이다. 관광지가 아닌 주민들이 사는 진짜 이스탄불을 느낄 수 있었기 때문이다. 이곳의 색은 인위적이지 않다. 처음 정착한 이들이 일단 쉽게 구할 수 있는 페인트로 색을 칠하다보니 의도치 않게 화려한 색감이 만들어진 것이다. 무질서는 아름다움이 되었고, 그 아름다움은 다시 질서가 되었다.

[터키, 카파도키아] 돌
아보는 시간이 많다는
것은 여행이 가진 가장
아름다운 요소이다. 하
루 종일 무언가를 구경
하기 위해 밖으로 시선
을 향하고 있는듯하지
만 그 속에서 만나는
것은 결국 자신이다.

| **Malatya** 말라티아

히잡을 쓴
히치하이커
힐랄과 함께!

| 말라티아의 호스트 힐랄은 내게 상당히 인상 깊었다. 그간의 호스트 중 처음으로 '히잡'을 한 여성이기 때문이다. 앞서 영국에 머물 때 사회적 이슈가 된 것이 공공장소에서의 히잡 착용 금지 법안에 대한 논쟁 이었다. 이 논쟁에서 한 가지 이상한 점은 정작 히잡을 착용한 당사자의 의견은 고려되지 않는다는 사실이었다. 그때부터 나는 히잡을 한 사람과 이 주제에 대해 이야기를 해보고 싶었다. 일반적으로 통용되는 생각처럼 히잡이 여성을 억압하는 기제라고 여기는지 궁금했기 때문이다. 그리고 터키와 같이 히잡이 의무가 아닌 나라에서 히잡을 하는 젊은 여성이 있는 가정의 분위기도 보고 싶었다. 아무래도 꽤 보수적이지 않을까하는 생각 이 들었기 때문이다. 그간 터키의 길거리에서 드물지 않게 히잡을 한 여성들을 볼 수 있었지만 그들과 깊이 있는 대화를 나눌 만한 기회가 좀처럼 찾아오지 않았는데, 말라티아에서 힐랄을 만난 것이다. 늦은 저녁 식

사를 하며 그녀에게 물었다.

"히잡은 너에게 어떤 의미가 있어?"

"응. 히잡은 종교적……."

"아니, 그런 틀에 박힌 이야기 말고. 네 생각을 듣고 싶어. 불편하진 않아? 남자는 안 하고 여자만 하는데, 성차별적 요소가 있다고 생각하지는 않고?"

"음…… 알아. 비이슬람 사람들이 히잡에 대해 어떤 편견을 갖고 있는지. 그런데 이건 내가 스스로 선택한 거야. 나는 이슬람교를 통해 많은 행복을 얻었어. 종교가 내게 행복을 주었기에 그 가르침을 따르는 거야."

이어서 힐랄은 자신의 머리를 만지며 당당하게 말했다.

"히잡은 머리를 감싼 것이지, 생각을 감싼 것은 아니야. 히잡을 하고도 내가 하고 싶은 일을 하고, 내 생각대로 살아갈 수 있어."

그녀는 종교 때문에 자신의 삶이 제한되지 않으리라는 확신, 그리고 종교를 넘어서 자신의 삶을 꾸려나갈 용기를 가지고 있었다. 그녀의 가정은 유별나게 보수적이지도 않았고, 그녀 스스로 히잡이 성차별적인 억압이라고 여기지도 않았다. 오히려 그녀에게는 굳건한 종교적 신념을 표현하는 수단 같았다. 기존의 내 생각과는 전혀 다른 관점이었다. 힐랄과의 대화를 계기로 앞으로는 내가 가지고 있는 판단의 잣대를 문화와 종교가 다른 이들에게 함부로 들이대지 않으리라 다짐했다.

또 한 가지 인상 깊었던 것은 힐랄 역시 히치하이커라는 사실이었다. 그녀는 1년 전 친구들과 함께 동유럽을 히치하이킹으로 여행한 경험이 있었다. 그래서 그녀는 히치하이킹 경험이 좀 더 많았던 나를 '선생님'이라

고 부르기도 했다. 히치하이킹을 통해 만나게 되는 인연과 그 속에서 벌어지는 특별한 상황, 고속도로 한복판에 떨어졌을 때의 당혹스러움, 목적지에 도착했을 때의 성취감을 모두 공유할 수 있었기에 그녀와의 대화가 더없이 편안했다. 처음부터 마치 오랜 친구를 만난 느낌이었다.

떠나는 날 아침, 힐랄은 내게 많은 선물을 주었다. 점심으로 먹을 음식부터 과일, 견과류, 이슬람 염주, 만난 날이 적힌 작은 조개껍데기, 그리고 히치하이킹에 쓸 사인카드까지 만들어주었다. 내가 만들었으면 큼직하게 목적지만 적었을 텐데, 그녀가 만들어준 사인카드엔 귀여운 그림도 그려져 있었다. 선물로 두둑해진 가방을 메고 하루를 따뜻하게 챙겨주신 힐랄의 어머니에게 인사를 했다. 어머니는 인사만으론 못내 아쉬웠는지 나를 따뜻하게 안아주셨다. 고맙다는 인사가 끊이지 않고 계속해서 오가고 있을 때, 힐랄이 히잡을 하고 나왔다. 이날의 히치하이킹은 특별히 자신이 도와주겠다면서 말이다.

길가에 도착한 우리는 잠시 히치하이킹은 미뤄두고 함께 사진을 찍으며 놀고 있었는데, 손에 들고 있던 사인카드 때문인지 그 자체가 그만 히치하이킹이 되어버리고 말았다. 그것도 중간 목적지인 엘라지Elazığ가 아닌 최종 목적지인 디야르바키르Diyarbakir까지 가는 차량이 한 번에 잡힌 것이다. 평소 같으면 콧노래를 불렀겠지만, 그때만은 차가 일찍 잡힌 게 너무나도 아쉬웠다. 하지만 힐랄과는 꼭 다시 만나게 되리라는 느낌이 든다. 그녀는 히치하이킹만으로 꾸린 세계 여행을 준비하고 있었다. 언젠가 어느 나라의 도로 한복판에서 아주 우연히, 하지만 오래된 친구를 만난 듯 반갑게 인사를 나누게 되지 않을까.

Diyarbakir 디야르바키르

터키의
쿠르드족을
만나다

    | 디야르바키르 근처에 도달하니 텔레비전에서나 보던 장갑차와 군인들이 자주 눈에 띄었다. 시리아, 이라크와 가까워졌음을 절감했다. 나를 태워준 청년이 자신의 휴대전화로 뭔가를 검색해 보여주었다. 조심해서 여행하라는 문장이었다. 나는 "스파스!(쿠르드어로 '고맙다'는 뜻)"라고 웃으며 대답했다.

디야르바키르에 도착해 쿠르드족 호스트 네우로스를 만났다. 쿠르드족은 보통 대가족을 이루고 산다(성인이 되어서도 결혼 전까지는 함께 사는 경우가 많다). 네우로스의 집 역시 부모님과 다섯 명의 형제자매가 모두 같이 살고 있었다. 대가족 특유의 북적북적한 분위기는 저녁때가 되자 절정을 이루었다. 쿠르드족은 식사 때 바닥에 보자기를 깔고, 한쪽 다리는 꿇고 한쪽 다리는 세운 채로 옹기종기 둘러앉는다. 그들이 육류를 즐기는 덕분에 네우로스의 가족이 베풀어준 저녁은 고기라면 사족을 못 쓰

는 내게 완벽한 만찬이었다. 게다가 네우로스는 디야르바키르에 거주하고 있는 한국 친구가 담가준 김치를 준비했다가 내주는 남다른 친절을 보였다. 아, 도대체 몇 달 만에 먹어보는 김치인지! 거하게 식사를 마치고 쿠르드식 커피 메넹기지를 마시며 그간 쿠르드에 대해 궁금했던 것들을 모두 물어보았다.

쿠르드족은 쿠르디스탄이라는 현재의 터키, 이란, 시리아, 이라크 등지에 거주하는 국가를 가지지 못한 세계 최대의 민족이다. 이들은 역사적으로도 자체적인 국가를 건설하지 못하고 페르시아나 아랍, 오스만 제국 등에 속해 있었다. 1918년 미국 윌슨 대통령의 민족자결주의와 1920

년 세브르 조약으로 자치권이 약속되었지만 로잔조약으로 취소되었다. 더불어 영국은 모슬유전지역을 점령하기 위해 모슬을 터키로부터 분리시켜 당시 영국이 통치하고 있던 이라크에 편입시켰고, 일부 지역은 프랑스가 통치하는 시리아로 편입시켰다. 강대국의 이권에 의해 민족의 국경이 그어진 것이다.

이에 더해 터키에서는 쿠르드족에 대한 압제가 극에 달했다. 새로운 터키를 만들고자 했던 아타튀르크는 하나의 민족, 하나의 언어, 하나의 터키라는 모토 하에 쿠르드족의 존재를 인정하지 않았다. 쿠르드어 사용은 철저히 금지되었으며 결사, 이동, 표현 등의 기본적인 권리조차 행사할 수 없었다. 이스탄불만 해도 거리에 걸려 있는 초상화를 쉽게 볼 수 있을 만큼 터키인들에겐 국부로 추앙받는 아타튀르크이지만, 쿠르드인들에겐 일종의 적이었다. 모든 문제는 늘 양면성을 띄고 있는 법이다.

아타튀르크의 쿠르드인에 대한 억압은 봉기를 낳았다. 1925년부터 1938년까지 터키와 쿠르드족 사이에는 빈번한 군사적 충돌이 야기됐다. 이 충돌에서도 쿠르드족은 끊임없이 고립되었는데, 그것은 이 주변의 외부 세력들의 입장이 터키와 같았기 때문이다. 시리아를 통치했던 프랑스나 이라크를 통치했던 영국은 쿠르드족의 봉기가 그들이 지배하고 있는 지역까지 번지는 것을 원치 않았고, 이란 역시 만찬가지였다(이란은 본래 쿠르드족을 지원했으나 이후 터키에 동조하여 영토교환을 통해 터키군이 쿠르드족을 공격하게 하는데 큰 역할을 하였다).

1960년대 이후 터키의 대 쿠르드정책은 상당부분 완화되어 정치계에서도 쿠르드족을 볼 수 있게 되었다. 하지만 1973년 터키의 의회민주주의

도입이후 쿠르드 민족주의운동은 다시 활성화되었고 이전보다 더 과격한 양상이 되었다. 과거의 시위가 기본권을 요구하는 수준이었다면 이후에는 본격적으로 분리독립을 주장했다. 그리고 이 때 등장한 것이 쿠르디스탄노동당PKK이다. PKK는 해방의 수단으로 폭력을 사용하여, (터키의 입장에서) 테러를 계속 자행하였다. 이들의 과격한 폭력성은 쿠르드족의 분리독립 운동에 반대하는 집단도 다수 생성되었고, 심지어 PKK 내부에서도 이에 반발하는 집단이 생기게 되었다.

그런데 이 PKK에 의한 테러, 특히 쿠르드 지역에서 일어난 사건에 대해서는 다양한 의견이 있다. 그 테러의 주체가 PKK가 아니라 터키 정부라는 것이다. 터키 정부가 쿠르드 민간인 상대로 테러를 저지르고 그것을 PKK에 덮어씌운 것이 많다고 한다. 독립운동을 추진하는 집단의 의미를 퇴색시키고, 국제사회에 일종의 문제집단으로 만들기 위한 방편이었던 것이다. 권력을 가지지 못한 소수자이기에 역사와 시선이 왜곡되는 사례를 이 땅에서 꽤나 많이 접하게 된다.

이야기는 깊어졌고, 정치에 관심이 많던 네우로스의 친구 도간은 자신이 알고 있는 변호사에게 좀 더 많은 것을 물어보라며 전화를 연결해주었다. 하지만 현 정부에 대한 이런저런 이야기가 오가니 네우로스의 어머님이 이야기를 자제해 달라고 말했다. 전화는 도청을 당할 수 있다는 염려에서였다. 감옥에 수감된 언론인 수가 세계에서 가장 많은 나라가 터키다. 이곳에서는 아직도 언론과 표현의 자유가 보장되지 않는다.

어느덧 어두운 밤이 되어 네우로스의 가족을 떠나 도간의 집으로 향하였다. 네우로스의 집은 저녁이 되면 전기가 끊겨 난방이 되지 않기 때문이다. 디야르바키르의 밤길은 유난히도 어두웠다. 길가에 걸린 쿠르드 출신 시인들의 초상을 보고 도간은 이렇게 말했다.
"과거에 우리는 우리의 이름조차도 제대로 부를 수 없었어. 쿠르드어에는 터키어에는 쓰지 않는 W, Z등의 자음이 있는데 이를 쓰지도 못하게 했거든. 1991년 이후 쿠르드어 금지 정책이 폐지되고, 2002년부터는 쿠르드어를 이용한 교육과 방송이 합법화되었지만, 여전히 학교에서는 쿠르드어와 역사를 가르치지는 않아."

도간의 집, 정확히 말하면 도간과 수많은 친구들이 거주하는 그곳에는 또 다른 쿠르드식 환대가 기다리고 있었다. 이미 네우로스 집에서 배불리 먹고 나온 나는, 이곳에서 또 한 번 배가 터질 지경에 이르렀다. 이 지역에서 한 달간 거주했던 한 영국인 친구는 몸무게가 무려 7킬로그램이나 늘었다고 하니 이들의 대접이 어떠했는지 짐작이 될 것이다.
수많은 친구들이 모여 있는 집답게 다른 친구늘의 줄입도 잦았는데, 그때마다 집안에 있는 모든 이들이 일어나 꽤 오랜 시간을 서로 안고 격하게 환영하며 시간을 보냈다.

사실 그간 만났던 몇몇 터키 친구들은 내가 이곳을 방문하겠다고 했을 때, 조금 걱정하기도 했었다. 꽤나 많은 수의 터키인들이 쿠르드인들과 직접적인 소통 없이 '그들은 거칠고 위험하다'라는 부정적 편견을 가지고 있었다. 그러나 이곳에서 내가 직접 몸으로 느낀 바, 쿠르드인들은 그 어떤 사람들보다 친근하고 편안했다. 베푸는 것을 좋아하고 사람만나는 것을 즐기는 끈끈하고 정이 많은 사람들이었다. 히치하이킹에서도 쿠르드 지역만큼 좋았던 곳은 드물었다. 편견이라는 것은 실제가 아닌 내 스스로 쳐놓은 벽에서 비롯된 오해에서 출발하는 것임을 새삼 마음에 새겼다.

[터키, 마르딘] 한 호스트가 보여준 한 장의 사진이 나를 이곳 마르딘으로 이끌었다. 나는 한참을 그곳에 서서 터키 여행 내내 마음에 품었던 풍경과 마주했다. 파란 하늘과 거대한 돌산, 군데군데 솟은 미나렛, 그리고 그 아래 빼곡히 박힌 삶의 모습들. 종일이라도 그 자리에 앉아 풍경을 더 깊이 담고 싶었지만 시간은 어느새 떠나야 함을 알렸다.

전통 춤 '할라이'는 쿠르드인들이 일상에서도 자주 즐기는 춤이다. 터키 동부 지역의 젊은이들은 우리나라로 치면 클럽이나 라이브 카페 같은 곳에서도 이 춤을 추곤 한다. 지역마다 조금씩 다른 히잡을 두른 여인도, 수염을 잔뜩 기른 청년도 함께 손을 맞잡고 자신들의 전통을 즐긴다. 차이를 마시며 이들의 춤을 보고 있으니 문득 박물관이나 특정 공연에서나 볼 수 있는 '특별한' 것으로 변해버린 우리의 전통문화가 생각나더라.

[터키, 하산케이프] 인류 문명의 본원인 메소포타미아의 역사가 숨 쉬는 하산케이프는 현재 수몰 위기에 처해 있다.
2020년부터 본격화되는 유전과 광물자원의 개발을 위해 티그리스 강에 댐을 건설하고 있기 때문이다. 댐이 건설되면
삼천오백 개의 동굴이 있는 성채와 세계 최대의 돌다리, 그리고 길가에 아무렇게나 놓인 유적들이 모두 사라진다. 수
천 년의 역사를 함께하고 있는 이곳의 주민들도 마찬가지이다. 이 양들은 또 어디로 갈는지⋯⋯. 경제발전이라는 명목
앞에서 사라지는 것들이 얼마나 많은가.

Batman 비트만

"내 삶은
생존을 위한
투쟁이야."

한동안 하산케이프를 멍하니 바라보다 어스름할 무렵 히치하이킹을 하여 바트만으로 향했다. 사실 바트만은 아무런 기대를 하지 않은 도시였다. 마르딘이나 하산케이프와 같이 압도적인 풍경을 가진 곳이 아닌 삭막한 공업도시였기 때문이다. 그러나 그 속에서 만난 사람들의 눈 속에서 스쳐 지나가는 풍경보다 더 많은 것을 보았다.

바트만의 호스트는 중등학교 교사인 쉐픽이었다. 덕분에 바트만에 머무는 동안 학교 수업에 참여할 수 있는 기회를 얻었다. 마주하기 어려운 한국인을 만난 아이들은 노련한 교사인 쉐픽도 통세하기 어려울 만크노 격하게 나를 맞겨주었다. 이리저리 뛰어다니고 소리를 지르는 혼란스러움 속에서도 아이들은 하나같이 밝고 귀여웠다. 수업의 시작과 동시에 쉐픽은 출석을 부르며 한 아이씩 소개했다. 그때 아이들은 이름을 기억해서 불러주는 것만으로도 모두 까르르 웃음을 터트렸다.

아이들의 반응이 가장 열광적이었던 것은 축구에 관한 이야기를 할 때였다. 내가 터키에서 가장 인기 있는 팀인 페네르바체 혹은 갈라타사라이를 좋아한다고 말해주기만 해도 아이들은 마치 월드컵에서 우승한 것처럼 엄청난 환호성을 지르며 응원가를 불렀다. 그중에는 페네르바체 유니폼을 입고 온 아이도 있었는데, 내게 다가와 안기더니 손목에 차고 있던 페네르바체 팔찌를 건네주기도 했다.

이 아이들에게 한국을 소개해주고 싶어서 한국말 인사를 가르쳐주고 칠판에 한글로 내 이름을 적었더니, 내 주위로 우르르 몰려들어 저마다 자신의 이름을 한글로 써달라고 떼를 쓴다. 아이들 눈엔 한글의 모양이 마치 신기한 캐릭터처럼 느껴진 모양이었다. 나는 아이들이 쥐어주는 종이에 연필로 한자씩 이름을 써서 돌려주었다. 그러다 뭔가 뚫어질 듯한 눈빛을 느껴 고개를 들어보니 귀엽게 생긴 한 여자아이가 눈을 둥그랗게 뜨고 나를 바라보더니 갑자기 내 볼을 꼬집으며 뭐라고 이야기를 한다. 쉐픽에게 통역을 요청하니, 아이가 한 말은 "귀여워."였다. 내 평생 들어보지 못한 말을 바트만에서 어린아이에게 들어보게 되다니!

저녁엔 쉐픽의 친구들과 함께 바트만 시내의 한 카페를 찾았다. 이 카페의 종업원 중에 영어를 매우 잘하는 이가 있어 이야기를 나누다 보니, 그는 아프가니스탄 출신으로 터키에 온 지 3개월째 되었다고 했다. 어린 시절 미군을 상대로 통역 업무를 하여(중동을 배경으로 한 미군 영화에 보면 통역을 해주는 청년이 꼭 등장하는데, 이 청년이 그런 역할을 했다고 한다) 영어도 잘하고, 힌디어도 잘하고, 이 나라에 온 지 얼마 되지 않았음에도 놀랄 만큼 터키어를 잘했다. 이 아프가니스탄 청년은 카페에서 사흘간 일한 보수로 자신을 포함하여 네 명의 가족(부인, 자녀 둘)을 부양하고 있었다. 단칸방이 월 200리라인데, 집세와 기본적인 생활비를 제하면 남는 돈이 거의 없어 계속해서 다른 일자리를 구하고 있다고 했다. 나는 그의 삶에 대해 계속 물었고, 그는 뾰족한 아픔이 서린 답변으로 나의 폐부를 찔렀다.

"내 삶은 생존을 위한 투쟁이야. 난 아프가니스탄 전쟁에서 부모를 모두 잃고 홀로 이곳저곳을 전전하며 흘러왔어. 운 좋게 미군들 눈에 띄어서 통역 업무를 하며 생계를 유지할 수 있었지만, 그들이 철수하면서 다시 정처가 없게 되었지. 미군들은 딱 그뿐이더라고. 이용 가치가 없어지자 더 이상 어떠한 지원도 해주지 않았어. 힘들게 터키로 왔을 때도 터키 정부는 별다른 대책 없이 강제로 이곳에서 거주하도록 지시했고."
편한 소파에 앉아 터키식 커피를 홀짝이며 그의 이야기를 듣고 있노라니 세상이 참으로 불공평하다는 생각이 뼛속까지 스며들었다. 이 지구의 어느 한 편에는 어떤 나라에 태어났다는 이유만으로 삶에 대한 온건한 기회조차 얻지 못한 채 살아가는 사람들이 있다. 나는 이렇게 '즐기며' 살아가고 있는데, 그들은 '생존하기 위해' 살아가고 있는 것이다. 마음이 몹시 무거워졌다.

나는 그에게 어쭙잖은 조언, 이를테면 어디에서 어떤 일자리를 구해보는 것은 어떠냐는 따위의 이야기를 건넸지만, 곧 그것이 나와 전혀 다른 삶의 강도를 견뎌내고 있는 그에게 내가 할 만한 이야기는 아니라는 것을 알아차렸다. 그와 대화를 나누는 내내 '내가 과연 이 사람에게 어떤 이야기를 건넬 수 있을까?'라는 의문이 들었지만, 아무런 답도 떠오르지 않아 속이 바짝바짝 타들어갔다. 그 순간에도 커피를 홀짝이며 입가에선 미소를 잃지 않았지만…….

바트만에서는 유난히도 범상치 않은 사람들과 인연이 닿았다. 이슬람 율법 학자를 만나 신의 존재와 진화론-창조론에 대한 논쟁을 하기도 했고, 팔레스타인에서 석 달간 머무르며 이스라엘에 의해 억압받는 팔레스타인 사람들을 돕고 온 덴마크 출신 자원봉사자를 만나기도 했다. 개개인의 이야기는 모두 특별했고, 삶의 깊이는 놀라울 정도로 깊었다. 사람에게 향하는 시간 속에서 나는 내가 몰랐던 또 다른 세상과 마주했다.

[터키, 바트만] 반식 아침 식사. 나는 식사 내내 "촉규젤!(매우 훌륭하다는 뜻의 터키어)"을 외쳤다. 그런데 더 놀라운 것은 식사를 하며 이 레스토랑에서 일하는 어느 종업원의 형제가 17명이라는 사실을 알게 된 것이다. 그의 삼촌은 세 명의 부인(사별)에게서 무려 32명의 자녀를 두었다고 한다. 바트만의 카우치서핑 호스트였던 쉐픽 역시 형제가 11명이었던 것을 보면 쿠르드족의 대체적인 가족 규모가 얼마 정도인지 가늠할 수 있을 것이다.

종합선물세트 같았던 하루

터키 도우베야즈트 ──────→ 터키 에르주룸

아라라트 산, 노아의 방주가 안착했다는 전설이 있는 터키의 동쪽 끝. 도우베야즈트Doğbeyazıt는 지난 190일의 유럽 여행을 마무리하기에 이보다 더 좋을 수 없는 곳이었다. 호스트 고눌과 차다시 커플, 그리고 무라트를 비롯한 수많은 친구들은 이 얼어붙은 땅을 녹여버릴 정도의 따뜻한 환대를 베풀어주었다. 일주일 후에나 있을 내 생일을 미리 알아내어 몰래 생일 파티를 해주기도 했고, 이삭 파샤 성이나 운석 충돌 지점에 나를 데려가 도우베야즈트만이 가진 특별한 풍경을 보여주기도 했다. 물담배를 피우며 보냈던 특별한 시간들이 너무도 행복해서 터키에 조금 더 머물 것인가를 심각하게 고민하기도 했다.

떠나는 날, 고눌이 근무하는 학교가 이란 국경과 맞닿아 있는 구르부락Gürbulak에 있어서 함께 통근 버스를 타고 그곳으로 향했다. 아이들과 눈밭에서 함께 축구도 하고 수업도 참관하며 따뜻한 시간을 보내곤 어느덧 시간이 되어 시원섭섭한 마음을 가지고 터키 국경 검문소로 향했다.

국경 입구에는 환전을 해주는 사람들이 있어, 남아 있던 터키 돈 50리라를 모두 이란 화폐인 리얄로 환전했다. 터키 출국 심사를 가볍게 끝내고 드디어 이란 입국 심사 차례였다. 외국인들은 따로 심사를 하기에 검문소 직원이 나를 자그마한 방으로 안내했다. 히잡을 두른 이란 심사관은 내 여권을 뒤적이더니 물었다.

"이란 비자는 어디 있어요?"

"네? 여기에서 도착비자로 받을 수 있는 거 아니었어요?"

"뭐라고요? 여긴 아예 비자 발급 창구가 없는데요?"

"어라? 최근에 조건이 완화돼서 국경에서도 비자를 받을 수 있다고 하

던데요?"

"잠시만요. 한번 확인해볼게요."

얼마 뒤 심사관은 덤덤한 표정으로 말했다.

"미안하지만 여기에선 비자 발급이 안 돼요. 가장 가까운 에르주룸Erzurum
으로 가서 비자를 받아오셔야겠네요."

알고 보니 이란 도착비자는 공항으로 입국했을 때나 가능한 것이었다. 육
로국경은 해당사항이 없었다. 나는 뭘 믿고 그렇게 당당했을까. 따지고
보면 그저 어디선가 주워들은 정보로 이곳에서 도착비자를 받을 수 있으
리라 여기고 국경으로 향한 것이었다. 다행히 에르주룸으로 가려면 도우
베야지트를 거쳐야 했기에 딱히 잃은 건 없었다.

다시 터키로 넘어왔다. 그런데 가만 생각해보니, 나는 뭘 믿고 덜컥 환전

부터 했던 것일까? 이란 비자를 발급받으러 310킬로미터나 떨어져 있는 에르주룸으로 가야 하는데, 주머니는 텅텅 비어 있었다. 물론 별다른 걱정은 되지 않았다. 나는 히치하이커니까!

익숙하게 국경에서 히치하이킹을 시도했다. 한 이란 아저씨를 만나 도우베야즈트까지 갈 수 있었다. 지도를 살펴보니 이곳에서 에르주룸까지 한 번에 가기는 부담스러워 보였다. 길목이 나뉘는 카라쾨세Karaköse까지 먼저 가기로 결정하고 사인카드를 만들어 히치하이킹을 시도하는데, 이상하리만큼 차가 잡히지 않았다. 100킬로미터도 안 되는 짧은 거리인데도 도통 소식이 없어 의아해하며 그냥 걷고 있는데, 트럭 한 대가 경적을 울리며 멈췄다(나중에 안 사실로 구글맵에는 '카라쾨세'라고 나오지만, 실제로는 '아리Ağrı'라는 지명을 쓴다. 그러니까 나는 실제로 없는 지명을 가지고 히치하이킹을 한 셈이다).

트럭 기사는 에르주룸을 거쳐 앙카라Ankara까지 간다고 했다. 좋다구나! 덥석 차에 올라탔다. 그런데 이 운전기사 뭔가 이상하다. 정신 나간 것처럼 시시덕거리며 운전을 하더니 결국 바지를 벗고 자신의 물건을 꺼내 놓는다. 그러곤 흔들리는 트럭에 맞춰 리듬감 있게 만지작거리더니 그게 성에 차지 않았는지 내 것도 보여달라고 요구한다. 아! 오늘은 엿 먹는 날인가 보다. 내가 버럭 화를 내고 정색을 했더니 다시 주섬주섬 바지를 입고 조용히 운전을 한다. 이백 번이 넘는 히치하이킹 중 처음으로 정신 나간 놈의 차를 탔다. 그래도 이 정도면 꽤나 긍정적인 확률이 아닌가 생각하고 있는데, 이 정신 나간 놈이 심술이 났는지 나를 에르주룸에 안 내려주고 앙카라까지 가겠다고 어깃장을 놓으며 또 시시덕거린다. 사실 나

는 앙카라로 가도 별 상관은 없었기에 진심으로 "그래, 앙카라 가자."라
고 얘기하곤 그냥 잠을 청했다.

역시 이런 놈은 상대방의 관심과 반응이 없으면 금세 흥미를 잃곤 한다.
잘 자고 있는데 나를 깨우더니 내리라고 한다. 내려준 곳은 고맙게도 아
리(구글맵에 '카라쾨세'라고 나온)의 주유소. 애초에 도착 포인트로 계획했
던 곳이자 에르주룸으로 가는 차를 히치하이킹하기에 더없이 좋은 곳이
다. 친절한 정신 나간 놈이로구나. '에르주룸'이라고 쓴 사인카드를 들고
히치하이킹을 하니 바로 차 한 대가 잡혔다. 다만 이 차는 에르주룸으로

향하는 게 아니라 길목의 호라산Horasan으로 향했다.

한밤중의 호라산은 안개가 가득 껴 있어 으스스한 분위기를 풍겼다. 그리고 날이 점점 추워졌다. 히치하이킹하기에 도저히 무리라고 판단되어 대책을 마련하기 위해 근처 카페에 들어갔다. 잠시 와이파이를 쓰고 있으니 종업원이 나에게 관심을 보이며 무료로 차이를 대접해준다. 나는 기회다 싶어 구글 번역기를 이용해 "당신 집에서 머물 수 있나요?"라고 물어봤다. 종업원이 흔쾌히 나를 데리고 밖으로 나선다. 하지만 나를 데려간 곳은 엉뚱하게도 호텔. 구글 번역기의 내용이 잘못 전달된 것인지, 내가 그저 숙소를 묻는 것으로 이해한 것 같았다.

다시 구글 번역기를 이용해 '돈이 없음'을 강조하니, 이 종업원은 이해하면서도 이해할 수 없다는 표정을 짓는다. 결국 다른 방법을 모색하기 위해 밖으로 빠져나와 걷고 있는데, 멀리서 이 종업원이 뛰어오더니 방법을 찾았다며 경찰서로 가자고 했다. 경찰에 사정을 이야기하고 해가 뜰 때까지 머무는 게 어떻겠냐는 것이었다. 그도 나쁘지 않을 것 같아서 경찰서로 따라가니, 경찰관이 운행 중인 트럭을 수소문해 나와 연결시켜줬다. 아…… 결국 이렇게 에르주룸으로 가게 되는구나.

오늘 하루는 일종의 덤으로 주어진 종합선물세트 같았다. 상자 안에는 대개 좋은 것이 있지만, 나쁜 것이 있을 수도 있다. 그러나 그 나쁜 것이 두려워 상자를 열어보지 않는다면 좋은 것을 마주하는 기회마저도 놓쳐버릴 수밖에 없다. 이날 하루는 지금까지 해왔던 내 여행을 축약해놓은 것만 같았다. 벌어질 수 있는 모든 일이 일어난 참 길고도 특별한 시간이었다.

| **Erzurum** 에르주룸

진짜
떠나는 날의
이야기

| 밤 11시 무렵 에르주룸에 도착했다. 그러나 잘 곳을 찾지 못했기에 아직도 하루가 끝난 게 아니었다. 돈이 전혀 없어 호텔은 완전히 배제된 상황이었기에 다른 방법을 찾아야 했다. 한여름 스페인에서는 길바닥에서 그냥 자도 큰 무리가 없었지만, 한겨울 그것도 터키에서 가장 추운 에르주룸의 길바닥에서 그냥 자는 것은 도저히 불가능했다. 이곳의 1월 평균기온은 영하 15도! 공사 중인 건물로 들어가보았지만 하룻밤을 지내기엔 너무 추웠다. 이곳저곳 잘 곳을 찾아 돌아다니는데, 손은 점점 시려진다. 잠깐이라도 몸을 녹일 겸 아파트 입구로 들어가봤더니 정말 따뜻했다. 순간 여기서 자야겠구나, 라는 생각이 들었다.

터키의 아파트는 대부분 입구가 잠겨 있기에 몇 군데를 돌아다니다가 입구가 열린 아파트를 발견했다. 재빨리 엘리베이터를 타고 맨 꼭대기 층으로 향했다. 아무래도 꼭대기 층이 사람과 마주칠 확률이 적지 않을까

싶었기 때문이다. 꼭대기 층에서 내려 계단을 타고 옥상 가까이로 가보니…… 빙고! 한 개 층이 더 있었고, 그곳은 공사가 끝나지 않아 비어 있었다.

콘크리트 바닥이라 냉기가 올라왔다. 주변을 둘러보다가 감자를 덮고 있는 카펫을 발견하여 감자에게 양해를 구하고 잠시 빌렸다. 카펫을 깔고 배낭에 있는 모든 옷을 껴입고 침낭에 들어가니 참 포근하더라.

덤으로 추가된 유럽 여행의 마지막 밤. 눈을 감으니 이 여행이 참으로 생생하게 펼쳐진다. 하루하루를 이은 시간들이 촘촘했고, 내가 지나친 장소들이 단단했다. 여행에서의 일상은 그 시간들이 온전히 나의 것이기 때문에 특별하다. 사실 하나하나 따져보면 일상과 큰 차이가 없는 날들의 연속이지만, 평소에는 그냥 스치듯 흘러가는 것들이 여행 중에는 아주 세심하게 살펴진다. 일상에서는 보통 기대감이 아닌 당연함으로 하루를 보내게 된다. 내일 어떤 일을 할지, 그리고 그 일이 오늘 했던 것과 별반 차이가 없다는 사실을 잘 알고 있다. 어떤 때는 내가 쳇바퀴를 돌고 있는 다람쥐 같기도 하다. 하지만 여행은 다르다. 랩톱의 작은 화면에 유럽 지도를 켜놓고 다음 일정을 고민하지만 당장 어느 도시, 어느 나라를 지나게 될지 확언할 수 없다. 내가 가진 것은 그냥 큰 캔버스일 뿐, 그 위에 어떤 붓으로 어떤 색을 칠하게 될지는 내 의지 밖의 문제다. 이렇게 불확실하다는 것을 알기에 가까이 있는 것들에 더 신경을 쓰게 되고, 그런 하루하루가 소중하다는 것을 깨닫게 된다. 바라보는 삶이 너무 멀면, 지금의 나는 한없이 부족한 존재다. 그러나 내일의 삶을 보면, 지금의 나는 당장을 충실히 꾸려나갈 수 있는 능력을 갖춘 존재다. 10년을 충실히 꾸려나가기는 조금 부담스럽지만, 하루를 충실히 누리기는 그리 어려운 일이 아니니까. 발길이 향하는 곳엔 그에 맞는 삶이 있고, 그 삶은 손에 잡힐 듯 생생하다. 그래서 매 순간이 설렜고, 그렇게 그려나가는 나의 그림이 무척이나 만족스러웠다. 여행에서 배울 수 있는 삶의 원칙은 지극히 단순하다. 너무나 빤한 나머지 때로는 중요하지 않은 것처럼 여겨지곤 한다. 그러나 이러한 것을 알고만 있는 것과 늘 염두하며 사는 것은 전혀 다른 인생이다. 순간을 소중히 여기고, 불확실을 즐기고, 너무 멀리보지 않고, 너무 많이 담으려하지 말고, 있는 그대로의 것을 충실하게 생각할 것. 늘 그렇듯 평범하지만 평범하지 않은 게 우리의 삶이니까.

다음 날 바로 이란 영사관으로 비자를 신청하러 갔다. 영사관 직원은 이 런저런 인터뷰를 하다 내게 물었다.

"터키에 얼마나 있었어요?"

"40일 조금 넘었네요."

"와, 꽤 오래 머물렀네요. 어디어디 있었는데요?"

"뭐…… 이스탄불부터 여차여차 이래저래 에르주룸까지 왔어요."

"비자는 이스탄불이나 앙카라에서 신청할 수도 있는데, 왜 여기까지 왔어요?"

"음, 그러게요."

우리는 서로를 보며 한바탕 크게 웃었다. 아무래도 이런 게 내 여행의 본모습인 것 같다. 끝까지 긴장을 늦출 수 없다. 내일 오후에 다시 들르라는 영사관 직원의 말을 듣고 밖으로 나섰다. 오후 늦게 호스트 쿠빌라이

를 만나 그간의 여독을 풀었다. 하루를 더 푹 쉬고 따끈따끈한 이란 비자를 든 채 다시 도우베야즈트로 향했다. 이제 진짜 터키를 떠나러 간다. 히치하이킹하러 가는 길가에 잠시 정차한 트럭이 보였다. 딱 봐도 같은 방향으로 가는 트럭 같아서 기사에게 "호라산?"이라고 외치니 고개를 끄덕인다. 유창한 손짓으로 태워달라고 말해보니 역시 고개를 끄덕인다. 트럭에 타서 조금 더 물어보니 호라산이 아니라 호라산 이전의 파신레르 Pasinler에 가는 차였다. 그러나 운 좋게도 가는 길에 전화를 받더니 목적지가 바뀌어 호라산을 지나 아리까지 가게 되었다. 중간에 휴게소에 들러 아침 식사를 했다. 휴게소에 있던 동료 트럭 기사들도 나에게 큰 관심을 보이며 먹을 것을 자꾸 권해준다. 역시 모두가 좋은 사람들이다.

아리에서 내려 도우베야즈트까지 다시 히치하이킹을 시도한다. 택시가 한 대 멈춰 서더니 나를 보고 도우베야즈트는 여기서 멀다며 히치하이킹이 안 될 것이라고 얘기해준다. 해보지도 않고 안 된다고 이야기하는 사람들은 늘 존재하는 법이다. 교통 흐름을 보니 승용차들은 도우베야즈트까지 향하지 않았고, 이란 번호판을 단 트럭이 지나가는 것이 보였다. 바로 종이에 '이란'이라고 써서 다가오는 트럭에 대고 흔들었더니 멈춰 선다. 이란을 넘어 키르기스스탄Kirgizstan까지 가는 차량이었다.

다시 구르부락으로 향하는 길은 고요했다. 눈 덮인 평원을 보며 지금까지의 히치하이킹을 되새겨봤다. 처음에는 한참을 망설이며 길가에서 서성이던 내가, 이제는 어떤 상황이든 덤덤하게 받아들이며 그리 어렵지 않게 목적지로 향할 수 있게 되었다. 거리낌 없이 시도했고, 시도 자체를

즐기게 되었다. 앞으로 나아가는 것에 대해 감사할 줄 알게 되었다. 그리고 그 도약은 나 자신의 노력이나 의지보다는 무수히 많은 사람들의 배려와 사랑이 있었기에 가능했다. 내 발이 향한 곳은 어떤 목적지가 아니라, 사람 그 자체였던 것 같다. 그래서 내가 여기까지 올 수 있었구나, 생각하니 새삼 스스로가 대견했다.

구르부락에 다시 도착했을 때, 국경 옆에 웅장하게 서 있는 아라라트 산은 처음 이곳을 찾았을 때와, 마찬가지로 덤덤히 나를 반겨주었다. 두 번째로 이란 국경을 마주했다. 검문소 직원은 나를 기억하곤 반갑게 맞이해주었다. 무사히 국경에서 한 발자국 성큼 내디뎠다. 유럽에서의 히치하이킹 여행은 이렇게 마무리되었다. 그리고 반갑고 덤덤하게, 또 다른 이야기가 시작되려 하고 있었다.

꼭 한번, 당신만의 여행을 만들길……

저에게 있어 이번 히치하이킹 여행은 정말 값진 경험이었습니다. 낯선 환경에서의 낯선 사람들과의 조우는 내가 생각했던 것보다 세상이 더 선하고 따뜻하다는 사실을 확인하게 했습니다. 사실 마음 같아서는 이 여행을 널리 권하고 싶기도 합니다. 친동생이 있었다면 떠밀어서라도 히치하이킹을 하라고 하고 싶습니다. 글을 쓴 몇 가지 이유 중 하나도 바로 이것입니다. 저는 따로 히치하이킹 여행을 한 사람들의 이야기가 없어서 온갖 시행착오를 겪어야만 했기에, 어느 누군가는 조금 더 쉽게 길을 갔으면 하는 바람이 있었기 때문입니다. 제 발자국이 누군가에게는 영감 혹은 희망이 될 수 있으리라고 생각했습니다.

하지만 이 경험은 온전히 제 것입니다. 저와 똑같은 방법으로 히치하이킹 여행을 한다고 해도 아무것도 얻는 것이 없을 수도 있고, 너무나도 재미가 없을 수도 있고, 심지어는 대단히 위험할 수도 있습니다. 이런 방식의 여행은 스스로에 대한 수많은 고민과 모종의 확신이 필요한 것 같습니다. 히치하이킹은 분명 위험성을 내포한 여행이기 때문입니다.

사실 모든 것에서 그렇습니다. 자신을 알고, 스스로가 감당할 수 있는 만큼의 삶을 살아가는 게 온전한 자신으로 사는 방법입니다. 타인의 성공을 좇을 필요도, 타인의 실패를 피할 이유도 없습니다. 누군가의 경험은 그저 그 속에서 내가 얻을 수 있는 것만을 취해 자신의 삶에 반영하면 되는 일입니다. 내가 얼마만큼의 기다림과 위험을 감당할 수 있을지는 스스로가 판단해야 하는 것입니다. 내가 무엇을 원하고 무엇을 얻고자하는지도 스스로에게 물어봐야 하는 것입니다. 여행은, 그리고 삶은 자기자신의 이야기이고 치열한 자기와의 싸움이기도 하니까 말입니다.

이 글을 읽으신 분들은 히치하이킹뿐만 아니라 낯선 환경에 대한 도전, 그리고 그 속에서의 사람이라는 보다 큰의미를 가져가셨으면 합니다. 스스로에게 귀기울이며 자기만의 삶과 여행을 꾸려나가시길.

EUROPE HITCHHIKING GUIDE

유럽을 여행하는 히치하이커를 위한 안내서

히치하이킹 성공의 절반은 전략을 짜는 데 달려 있다. 내가 어떻게 이동할 것인지에 대한 큰 그림을 그리고,
세부적으로 어디에서 대응할 것인지 파악해두면 그리 어렵지 않게 히치하이킹을 할 수 있다.

이것만 알아도 히치하이킹 한다

미리 알아두면 유용한 정보들

01 구글맵과 히치위키(hitchwiki.org)

구글맵은 히치하이킹에 없어서는 안 될 존재다. 계획을 수집할 때도 요긴하게 사용된다. 스마트폰에 맵을 저장하여 GPS와 함께 쓰면 인터넷을 사용할 수 없는 환경에서도 현지인보다 훨씬 더 길을 잘 찾을 수 있다.

히치위키는 선배 히치하이커들의 숱한 경험이 담겨 있는 사이트다. 이를 이용한다면 가장 수월하게 차를 잡을 수 있는 히치하이킹 포인트를 알 수 있다. 히치위키에 접속하면 내가 가고자 하는 도시 주변에서 히치하이킹하기에 적절한 곳이 표시되어 있다. 초록색, 노란색, 주황색, 빨간색 동그라미로 난이도를 표시한다. 이 동그라미를 클릭해보면 세부적인 내용이 나오는데, 아주 잘 만들어진 히치하이킹 포인트는 몇 번 버스를 타고, 어디에서 내려서, 어떻게 걸어가면 그 히치하이킹 포인트에 도착할 수 있는지에 대한 정보까지 담겨 있는 경우도 있다.

02 목적지의 차량 번호판

번호판에는 모든 정보가 담겨 있다. 아래 사진에서 왼쪽부터 D는 Deutschland, 독일 국적의 차라는 뜻이고, KA는 Karlsruhe, 카를스루에 소재의 차라는 뜻이다. 이 같은 기본적인 정보를 알고 있다면 목적지로 가는 차를 잡기도 한결 수월해질 뿐만 아니라, 보다 유연하게 히치하이킹할 수 있다. 예를 들어 목적지가 터키 이즈미르Izmir인데 길을 지나는 차량들의 번호판이 대부분 이즈미르보다 앞에 있는 발리케시르Balikesir라면, 이즈미르 대신 발리케시르 사인카드를 쓰는 것이 훨씬 효과적일 것이다.

독일을 포함한 대부분의 나라는 도시명의 앞 글자를 따지만, 프랑스나 터키의 경우에는 고유번호로 도시명을 표시한다.

계획하기

히치하이킹 성공의 절반은 전략을 짜는 데 달려 있다. 내가 어떻게 이동할 것인지에 대한 큰 그림을 그리고, 세부적으로 어디에서 대응할 것인지 파악해두면 그리 어렵지 않게 히치하이킹을 할 수 있다.

01 전체 여정을 그려라

히치하이킹을 계획했으면 일단 구글맵을 켜놓고 어떤 고속도로를 이용해야 하고, 목적지까지 가는 데 어떤 도시, 어떤 갈림길을 거쳐야 하는지 파악해두자. 히치하이킹 여정의 전체적인 흐름을 알고 있으면 어떤 상황이든 그리 어렵지 않게 대처가 가능하다. 경험이 쌓이면 지도만 보고도 교통량이 짐작 가능하여 얼마나 시간이 걸릴지 예측할 수 있게 된다.

② 히치하이킹 포인트를 설정하라

전체적인 그림을 그렸으면, 이제 어디에서 히치하이킹을 시도할지 알아야 한다. 히치하이킹 포인트에는 주유소(휴게소), 원형 교차로, 갓길이 있는 직선형의 도로, 신호등, 톨게이트 등이 있다. 목적지가 멀거나 국경을 넘는 경우에는 처음부터 주유소에서 시작하는 게 훨씬 수월하고, 가까운 경우에는 출발지 근처에서 히치하이킹 포인트를 찾아보는 게 걷는 수고를 덜어준다. 구글맵을 켜고 출발지에서 시작해 가장 가까운 고속도로, 혹은 목적지로 향하는 도로 주변을 살펴보자(구글 스트리트뷰 기능을 이용하면 좋다). 도로에서 히치하이킹을 할 경우, 보통 두 개 이상의 히치하이킹 포인트를 머릿속에 그리고 있는 게 좋다. 주유소, 톨게이트 등지는 방향이 정확하다면 100퍼센트 성공 가능하다. 확실한 장소라면 그냥 그곳에서 꾸준히 시도하자.

히치하이킹 포인트 근처에는 반드시 차가 안전하게 멈출 수 있는 갓길이 있어야 한다. 속도 표지판이나 주변 도로 사정을 생각해보면 이 도로에서 차량이 어느 정도 속도로 움직이는지 파악할 수 있다. 차가 빠르게 움직이는 곳에서는 히치하이킹을 하기가 대단히 어렵다는 사실을 명심하라.

③ 히치하이킹 포인트

모든 장소는 당연히 목적지로 가는 길에 있는 것들을 의미한다. 히치하이킹은 거의 대부분이 도시 외곽의 고속도로 진입로 근처에서 이루어진다.

〈주유소(휴게소)〉

주유소는 고민할 것도 없이 가장 좋은 히치하이킹 포인트이다. 차도 멈춰 있고, 사람도 멈춰 있다. 직접 물어볼 수도 있고, 그것이 귀찮다면 출구에 서서 사인카드를 들고 있어도 충분하다. 그마저도 귀찮고 좀 쉬고 싶다면, 목적지가 적힌 사인카드를 잘 보이는 곳에 세워두고 벤치에 누워 잠을 자자. 가끔 그 목적지에 가는 사람이 자는 히치하이커를 깨워 데려가기도 한다. 나 역시 독일 프랑크푸르트로 가는 길에 자다가 히치하이킹에 성공하기도 했다. 만약 먼 거리를 이동해야 한다면 목적지를 짧게 설정하고 고속도로 위의 주유소에서 자주 차를 갈아타는 방법이 좋다. 주유소는 한밤중에도 히치하이킹을 할 수 있는 거의 유일한 곳이다.

〈원형 교차로〉

외국의 도로에서는 흔히 볼 수 있는 것으로, 보통 '라운드 어바웃Roundabout'이라고 부른다. 한국에선 원형 교차로, 혹은 로터리라고 부르지만 쉽게 찾아보기는 어렵다. 차량의 소통을 위해 동그랗게 만들어진, 신호등이 없는 교차로라고 생각하면 된다. 원형 교차로에서는 차의 속도가 매우 느려지고, 빠져나가는 길목에 갓길이 있는 경우가 많기에 히치하이킹을 하기에 적절하다. 고속도로 진입로에는 대부분 원형 교차로가 있으니 참고하라.

〈신호등〉

사실 개인적으로는 그리 좋아하는 포인트가 아니다. 독일 하이델베르크에서 프랑크푸르트로 갈 때, 처음엔 신호등에서 시도했지만 결과가 좋지 않아 먼 주유소까지 가서야 성공할 수 있었다. 하지만 내가 만난 몇몇 히치하이커는 신호등에서 시도하는 것을 즐기기도 했다. 신호를 받아 차량이 멈춰 있을 때, 차로 다가가 묻거나 사인 카드를 보여주는 방식이다.

〈갓길이 있는 도로〉

도로에서 히치하이킹을 하기 위해선 반드시 차가 안전하게 멈출 수 있는 갓길이 있어야 한다. 도로 한가운데 멈춰 서서 히치하이커를 태워주는 경우는 대단히 드물다(물론 있긴 있다). 갓길이 있는 도로는 일직선, 혹은 오르막길이 좋다. 멀리서도 히치하이커가 있다는 것을 운전자들이 확실히 인지할 수 있기 때문이다. 도시를 벗어나면 갓길이 있는 도로를 찾는 것은 그리 어려운 일이 아닐 것이다.

〈톨게이트〉

사실 유럽엔 톨게이트가 그리 많지 않다. 대부분의 나라가 스티커를 구매하는 것으로 고속도로 사용료를 대체하기 때문이다. 기껏해야 프랑스나 스페인 같은 몇몇 나라만이 톨게이트가 있을 뿐이다. 그러나 이 톨게이트는 히치하이킹하기에 가장 좋은 장소 중 하나이다. 고속도로로 진입하는 차는 꽤 먼 거리를 갈 확률이 높기 때문이다. 게다가 톨게이트는 차를 세울 갓길이 충분하고, 차들도 돈을 내야 하기에 매우 느려진다. 프랑스의 푸아티에Poitiers에서는 톨게이트에 도착해서 배낭을 내려놓고 사인카드를 드는 순간 바로 차를 잡기도 했다. 히치하이킹에 성공하는 데 채 1분이 걸리지 않았다. 프랑스에서는 톨게이트를 '피아주Peage'라고 한다. 도심에서 피아주가 너무 멀다면, 원형 교차로 등지에서 피아주까지 만 태워달라고 요청하는 것도 한 방법이다. 만약 당신이 프랑스에서 히치하이킹을 한다면 피아주라는 단어를 사랑하게 될 것이다.

〈고속도로〉

고속도로에서 히치하이킹을 하는 것은 대부분의 나라에서 불법이지만, 불가리아의 경우에는 현지 히치하이커들이 고속도로 한복판에서 히치하이킹을 하기도 한다. 고속도로는 차들이 매우 빠르기에 차가 멈추더라도 상당히 뒤쪽에 멈춘다. 늘 뒤를 돌아보며 뛸 준비를 하자. 알바니아에서는 고속도로에서 하는 게 가장 좋은 히치하이킹 방법이다. 대부분의 고속도로가 포장이 제대로 되어 있지 않거나 직선화 작업이 이루어지지 못해 구간에 따라서 30킬로미터 이하로 서행하기 때문이다. 참고로 알바니아의 고속도로 위엔 리어카를 끄는 사람이나 귤 파는 아주머니도 있다. 다른 나라에서의 고속도로 위 히치하이킹은 위험하고 성공률도 높지 않다. 추천하지 않는다. 고속도로에 떨어져도 밖으로 나가 차가 느려지는 진입로 근처에서 하는 것이 바람직하다. 어쩔 수 없을 경우에만 이용하도록 하자.

〈공항〉

공항에서 내렸다면 주저하지 말고 히치하이킹을 하자. 공항은 누군가를 데려다 주고 떠나는 사람들로 가득하다. 게다가 대단히 먼 곳으로 가는 사람도 많다. 공항 주차장 근처나 출구 근처에서 히치하이킹하는 것이 효과적이다. 독일 프랑크푸르트에서 쾰른으로 향할 때는 일부러 공항에 가서 히치하이킹을 하기도 했다. 여자 친구를 일본으로 보내고 상심에 빠져 있던 그 청년은 라인 강 드라이브를 시켜주기도 했다. 그것도 미니 쿠페 컨버터블을 타고! 뚜껑이 열렸다니까!

〈항구〉

페리도 히치하이킹할 수 있다. 정확히 말하면 페리에 타는 차를 히치하이킹하는 것이다. 대부분의 페리 업체들이 차량에 요금을 부과하지, 안에 타고 있는 사람에게 부과하지는 않는다. 때문에 항구에서 히치하이킹을 시도하면 매우 쉽게 성공할 수 있다. 나는 덴마크 오르후스에서

코펜하겐Copenhagen으로 갈 때, 그리고 스웨덴 트렐레보리에서 독일로 갈 때 페리 히치하이킹을 했다. 두 번 모두 매우 재미있는 에피소드를 남겨주었다. 자신의 목적지에 가지 않는 차를 타고 페리에 입성했다고 해도 걱정할 것은 없다. 페리에 타고 있는 사람들에게 목적지를 물어보면 반드시 자신이 원하는 방향으로 가는 사람을 발견할 수 있을 테니…….

어떻게 하면 차를 잡을 수 있을까?

히치하이킹 포인트에 성공적으로 도착했다. 이제 어떻게 하면 좀 더 수월하게 차를 잡을 수 있을까? 사실 가장 중요한 것은 긍정적인 마음가짐이다. 몇 시간을 기다려도, 어느 한 명 차를 세워주지 않아도 늘 '된다!'는 마음가짐을 갖는 게 중요하다. 그리고 히치하이킹을 할 때는 반드시 운전자와 눈을 마주치며 웃도록 하자. 성공 확률이 높아지고, 운전자도 대부분 웃으며 대응해준다.

01 사인카드를 활용하는 법

사인카드는 어느 곳에서나 활용 가능하지만, 특히 도로상에서 히치하이킹을 할 때 빛을 발한다. 운전자가 자신의 목적지가 쓰인 사인카드를 발견하면 어찌 기쁘지 아니하겠는가.

02 엄지손가락을 보이는 법

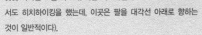

주먹을 쥐고 엄지손가락을 펼치는 것은 히치하이킹 고유의 제스처다(물론 몇몇 나라는 조금 다르다. 나는 이스라엘에서도 히치하이킹을 했는데, 이곳은 팔을 대각선 아래로 향하는 것이 일반적이다).

햇빛이 역방향인 곳에서 사인카드를 들고 히치하이킹을 하면 운전자에게 목적지가 보이지 않는 경우가 발생하는데, 이때는 과감하게 사인카드를 버리고 손가락으로 히치하이킹을 하자. 훨씬 성공률이 높다.

03 춤추는 법

농담처럼 들리겠지만, 솔직히 길가에서 뭔 짓을 하든 그곳에 있다면 차를 태워달란 얘기 아니겠는가? 그렇다면 가장 효과적인 방법은 춤을 추는 것일지도 모른다. 쉽게 관심을 끌 수 있으니 말이다. 홀로 지루하게 운전을 하는 운전자들은 대부분 뭔가 유쾌한 것을 찾곤 한다. 길거리에서 춤추고 있는 히치하이커를 발견하면, '저놈을 태우면 분명 재밌을 거야.'라고 기대하지 않겠는가.

04 직접 물어보는 법

주유소나 휴게소에서는 직접 물어보는 게 속 편하다. 경험상 다짜고짜 "파리로 가는데 태워주세요."라고 하는 것보다 먼저 "어디 가세요?"라고 물어보고 '파리' 혹은 '파리로 향하는 길목의 도시'라는 답변이 나오면 "거기까지 태워주세요."라고 하는 게 더 효과적이었다. 전자는 반사적으로 "싫어요."가 나올 수 있지만, 후자는 히치하이커가 운전자의 목적지를 알고 있기에 거부하기가 조금 껄끄러워지기 때문이다. 문을 열고 한 발을 밀어넣은 상태라고 할까? 대형 트럭은 보통 멀리 가는 경우가 많다. 때문에 길거리에 정차해 있는 트럭을 발견하면 직접 목적지와 동승 가능 여부를 물어보는 게 좋다. 트럭이 많았던 터키에선 이 방법으로 곧잘 히치하이킹에 성공하곤 했다. 물어보면 다들 도와준다. 도움을 요청하는 데 주저하지 마라. 한 가지 팁을 더하자면, 현지 히치하이커를 만나면 무조건 목적지를 묻고 동행을 제안해라. 현지 히치하이커는 최적의 도우미다. 히치하이킹 마일리지를 10,000킬로미터 이상 쌓아도 새로운 나라, 새로운 도시라는 조건 아래에서 현지 히치하이커의 능력을 능가할 순 없다. 외로운 길, 함께하며 즐거운 이야기를 더 많이 만들 수 있다는 것도 덤이다.

유럽 국가별 히치하이킹 탑

벨기에, 네덜란드

이 두 나라는 별다른 고민을 하지 않아도 된다. 개방성이 높은 지역이라 방향만 정확하다면 그리 어렵지 않게 히치하이킹이 가능하다. 네덜란드 암스테르담은 아예 도로 위에 히치하이킹만을 위한 특별한 구역Liftplaats을 설정해 놓았을 정도로 히치하이킹이 일상적인 곳이다.

프랑스

프랑스는 갓길과 원형 교차로가 대단히 많다. 게다가 피아주의 존재는 원활한 히치하이킹을 도와준다. 프랑스 사람들은 정말 아무 곳에서나 차를 세워준다.
프랑스 차량은 번호판의 오른쪽에 적힌 번호로 어느 지역 차량인지를 가늠할 수 있다. 이를테면 75는 파리, 69는 리옹, 33은 보르도다.

스페인

스페인은 히치하이킹하기에 어려운 나라다. 톨게이트가 있지만, 대도시의 경우에는 그 규모가 커서 다소 부담스럽고, 고속도로 진입로에 갓길이 적어서 차가 쉽게 설 수 없다. 현지인들 역시 히치하이킹에 익숙하지 않아 그냥 지나치는 경우가 많다. 만약 스페인에서 히치하이킹을 해야 한다면, 고속도로 주유소를 포인트로 잡는 것이 좋고, 히치위키를 최대한 이용하길 권한다.

스위스

스위스는 도시와 도시 간의 거리가 짧고 갓길의 넓이도 충분해서 히치하이킹이 매우 수월하다. 기차를 타는 것

보다 히치하이킹을 하는 게 낫다고 생각될 정도다.
스위스에 처음 도착해서 당황했던 것은 현지 발음과 그동안 한국에서 알고 있던 발음이 몹시 다르다는 점이었다. 예를 들어, 이곳 사람들은 취리히가 아니라 '쮀릭'에 가깝게 발음한다. 처음엔 쮀릭에 간다고 하기에 도대체 어디로 가는 것인지 몰라 한참을 물어보기도 했다. 우리에게 익숙한 지명은 영어고, 현지에서는 프랑스어, 독일어, 이탈리아어식 지명을 사용하기 때문이다. 그리고 같은 독일어권이라도 베른에서는 '감사합니다'라는 표현으로 프랑스어 '메르시'를 쓰는 반면에 취리히에서는 독일어 '당케셴'을 주로 쓴다.
더불어 스위스는 칸톤에 대해서만 잘 이해해도 즐겁게 여행할 수 있다. 칸톤은 '주州'의 개념과 가깝지만 이보다는 더 독립적이다. 과거 완벽한 자치권을 보장받았던 스물여섯 개의 칸톤은 현재 각기 다른 문화와 언어를 가진 개별 공간으로 자리 잡았다. 히치하이킹에 도움이 되는 차량 번호판도 칸톤마다 각기 다른 명칭과 상징을 사용하기에 이를 살핀다면 좀 더 재미있게 여행할 수 있을 것이다.

독일

내가 유럽을 돌아다니며 만난 히치하이커 중 상당수가 독일 출신이었다. 그만큼 독일인들은 히치하이킹이 익숙한 편이다. 하지만 도로의 사정은 이와 좀 다르다. 고속도로 진입로는 갓길이 부족한 경우가 많고, 차의 속도도 빠르기에(독일의 고속도로 아우토반에서는 시속 150킬로미터 이상으로 달리는 차들이 많다) 히치하이킹 포인트로는 수유소가 가장 적절하다.
한편 독일의 차량 번호판은 인구수를 기준으로, 순차적으로 도시면이 첫 글자를 사용한다. 대도시는 보통 한 글자, 중소도시는 두 글자를 쓰는데 (베를린은 B, 쾰른은 K, 단 함부르크는 HH), 이를 알아둔다면 차량 번호판에 적힌 도시명을 쉽게 유추해볼 수 있을 것이다.

덴마크, 스웨덴

(그리고 항구가 있는 나라라면 어디든)

페리도 히치하이킹할 수 있다. 정확히는 페리를 잡는 게 아니라 페리로 들어가는 차를 히치하이킹하는 것이다. 대부분 요금을 사람이 아니라 차에 매긴다. 페리 시간만 정확히 확인한다면 어렵지 않게 입구에서 차량을 구할 수 있다.

동유럽

히치하이킹에 있어 독일과 비슷한 인상을 주는 곳이다. 다만 교통량은 조금 적다. 국가가 촘촘하게 붙어 있어 국경을 넘는 차량도 대단히 많다. 동유럽에서 히치하이킹하는 것만으로도 '한 발자국 국경'으로 만들어지는 경제를 실감할 수 있을 것이다.

발칸 반도

발칸 반도에서 염두에 둘 점은 차량의 이동 범위가 좁다는 것이다. 멀리 가는 것이 아니라 근처 마을로 가는 차들이 많다. 먼 지역의 사인카드를 만들면 그냥 지나쳐버리는 차들이 많기에, 목적지를 짧게 끊어가는 것이 더 효율적이다. 갓길은 충분하지만 차량의 수 자체가 다른 지역에 비해 적은 편이니 직접 묻거나 하는 식으로 조금 더 적극적으로 임할 필요가 있다. 그리고 이 지역은 영어가 통하지 않는 경우가 많다. 물론 히치하이킹을 하는 데는 별다른 지장이 없지만, 사람들과의 즐거운 소통을 위해 기본적인 현지 인사말을 알아두거나 현란한 보디랭귀지를 선보일 줄 안다면 어느 정도 도움이 된다.

불가리아

불가리아와 루마니아의 국경 루세에는 터키행 트럭들이 줄지어 있다. 만약 터키로 가고 싶다면 루세에서 히치하이킹을 시도하는 것이 좋다. 하지만 이 일정은 1박 2일로 잡는 것이 바람직하다. 보통 트럭은 한 번에 이동할 수 있는 거리에 제한이 있어, 기사들은 중간 도시의 트럭 기사 쉼터를 경유해 밤을 보낸다.

루마니아

도로에 충분한 수준의 갓길이 있어 히치하이킹을 하기에 어렵지 않다. 하지만 일반적으로 루마니아에서의 히치하이킹은 약간의 돈을 줘야 하는 경우도 있다. 때문에 차를 타기 전 '돈 없어요.'라는 뜻의 '누암바니Nu am bani'라고 한 번 이야기해두는 것이 좋다.

터키

모든 상황을 고려해봤을 때 터키는 히치하이킹이 가장 쉬운 나라다. 사람들의 인심도 후해서, 대충 아무 데서나 손을 올려도 차를 세워준다. 특히 동부 지방의 인심은 최고라고 말하고 싶다. 이곳에서 히치하이킹 하다 보면 터키를 사랑하지 않을 수 없다. 터키 차량들의 목적지는 번호판에 적힌 숫자로 유추할 수 있다(이스탄불은 34, 앙카라는 06, 바트만 72 등). 현지 인사말을 알아두는 것도 더 친근하게 다가가는 데 큰 도움이 된다. 이를테면 터키 동부 쿠르드족이 많이 거주하는 지역에서는 '스파스Thank you', '차와이How are you?' 등의 쿠르드어를 쓰면 효과 만점이다.

히치하이커의 마음가짐

언어는 소통의 도구일 뿐이다

히치하이킹의 장점 중 하나는 다양한 사람의 다양한 이
야기를 들을 수 있다는 것이다. 나의 관심사와 전혀 거
리가 먼 이야기들도, 내가 전혀 몰랐던 이야기들도 접할
수 있다. 하지만 많은 사람들이 '언어'가 통하지 않는 것
을 걱정한다. 단언하건대, 언어는 소통의 도구에 불과하
다. 사람들과 나누는 시간을 더 의미 있고 빛나게 하는
것은 진심이다. 그들의 이야기를 경청하고, 그 시간을 함
께 즐기려는 마음가짐. 그들이 가지고 있는 관심사에 귀
기울여주고 맞장구쳐주는 것만으로도 차 안의 공기는 한
층 따뜻해질 것이다.

히치하이커는 타인에게 에너지를 줄 수 있는 대상이자
도전과 자유의 상징이다. 이 점을 명심한다면, 굳이 언
어가 통하지 않더라도 내가 가지고 있는 긍정적인 마음
가짐과 에너지가 상대방에게 전달될 수 있다. 결국 사람
과 사람의 만남이다. 그 만남은 늘 또 다른 특별한 기회
를 제공하는 법이다.

무수한 호의를 감사히 여기자

히치하이커이기 때문에, 그리고 이국땅의 낯선 여행자이
기 때문에 히치하이킹을 하며 무수한 호의를 받게 된다.
함께 식사를 하거나 집에 초대받거나 선물을 받는 일도
꽤나 자주 일어난다. 그들의 호의에 늘 감사하고, 그것이
꼭 갚아야 할 것임을 명심하라.

히치하이킹으로 숱한 도움을 받으면서 나를 도와주는
사람들에게 뭘 줄 수 있는지 늘 고민했다. 가진 게 없어
서 줄 수 있는 게 없다고 여길 수 있지만, 꼭 그렇지만
는 않다. 내가 줄 수 있는 가장 큰 선물은 따뜻한 진심
이지 않을까. 나는 불교의 경전 중 하나인 〈잡보장경雜
寶藏經〉에 나오는 '무재칠시'라는 말에서 이 고민의 해답
을 얻기도 했다.

- **화안시和顔施**
  부드럽고 정다운 얼굴로 남을 대하는 것.

- **언시言施**
  사랑의 말, 칭찬의 말, 위로의 말, 격려의 말, 양보의
  말, 부드러운 말을 하는 것.

- **심시心施**
  마음의 문을 열고 따뜻한 마음으로 대하는 것

- **안시眼施**
  호의를 담은 눈으로 사람을 보는 것.

- **신시身施**
  남의 짐을 들어준다거나 몸으로 돕는 것.

- **좌시坐施**
  자리를 내주어 양보하는 것.

- **찰시察施**
  굳이 묻지 않고 상대의 속을 헤아려 도와주는 것.

안전을 챙기는 것도 중요하다

누군가는 히치하이킹을 하는 것에 있어 안전을 걱정하기도 한다. 하지만 이백 번이 넘는 히치하이킹에서 이상한 사람을 만난 것은 딱 한 번뿐이었다. 반대로 생각해보면 차와 많은 물건을 가지고 있는 쪽은 그들이고, 나는 이방인일 뿐이다. 누가 더 이상하고 위험한 사람일 확률이 높으냐고 물어보면 나라고 대답할 수밖에 없다. 세상에 선한 사람이 훨씬 더 많다는 믿음은 내가 이 여행에서 얻은 큰 수확 중 하나다.

하지만 그럼에도 만약의 상황에 대비해 늘 주의할 필요는 있다. 나의 경우에는 꼭 필요하지 않은 이상 카메라나 스마트폰 같은 귀중품은 꺼내지 않았다. 그리고 혹시라도 의심이 가는 상황에선 스마트폰의 지피에스GPS기능을 이용해 내가 바른 목적지로 향하고 있는지 파악했다. 여성은 남성보다 히치하이킹이 수월하다. 그러나 위험에 노출될 확률도 훨씬 높다. 만약 여성이라면 두 명 이상의 사람이 함께 동행하는 것이 바람직하며, 혼자일 경우에는 의사 표현을 분명하게 해 혹시 모를 위험에 대비해야 한다.

뿐만 아니라 차도 옆에 서 있어야 하는 히치하이커는 늘 주변의 상황에 주의해야 한다. 도로에서 히치하이킹을 할 때는 자신이 안전한 자리에 있는지 확인한다. 간혹 큰 트럭이 지나갈 때 작은 돌멩이가 튀는 경우도 있는데, 이런 상황에도 주의해야 한다.

밤에 히치하이킹을 하는 것은 대단히 위험하다. 운전자의 눈에 잘 보이지도 않고, 혹시 모를 사고에도 적절히 대응할 수 없다. 만약 어쩔 수 없이 해야 한다면 주유소에서 직접 물어 차를 구하는 편이 낫다.

마지막으로 당부하는 것들

01 히치하이킹에서 운(運)을 부르는 것은 '시도'다. 적절한 장소를 선택하고, 때를 기다리고, 목적지로 향하는 사람을 만남에 있어 히치하이커가 통제 할 수 있는 요소는 더 많은 시도를 하는 것뿐이다. 그러니 운 좋은 하루를 만들고 싶다면, 더 많이 시도하면 된다.

02 불확실을 즐기자. 히치하이커는 이동과 시간에 제약이 없다. 버스 시간을 확인할 필요도, 예약을 할 필요도 없다. 그저 마음이 내키는 곳에서 아무 차나 얻어 타면 그만이다. 그러니 지금 당장의 불확실을 기꺼이 즐기고, 맞이하자.

03 늘 운전자의 입장에서 생각하자. 당신이 히치하이킹을 하려는 지역에 차가 안전하게 멈출만한 공간이 있는지, 당신이 운전자의 눈에 잘 보이는지 등 늘 타자의 시선을 염두에 둘 필요가 있다.

04 덥고, 목마르고, 힘들어도 웃자. 당신이 운전자라면 웃는 사람을 태우고 싶겠는가? 찡그린 사람을 태우고 싶겠는가?

05 만약 계속 차가 잡히지 않는다면 왜 그런지 재빨리 원인을 파악하자. 히치하이커는 열린 사고로 유연하게 행동해야 한다.

06 스스로의 선택에 확신을 갖자. 나조차도 안 될 것이라 여기며 주저한다면 그 망설임을 모든 사람들이 알아채기 마련이다.